노빈손, **티라노**의 **알**을 찾아라

노빈손, 티라노의 알을 찾아라

초판 1쇄 펴냄 2005년 11월 1일
초판 14쇄 펴냄 2016년 8월 20일

지은이 강산들 · 손영운
일러스트 이우일
펴낸이 고영은 박미숙

펴낸곳 뜨인돌출판(주) ㅣ 출판등록 1994.10.11(제406-2011-000185호)
주소 10881 경기도 파주시 회동길 337-9
홈페이지 www.ddstone.com ㅣ 노빈손 www.nobinson.com
대표전화 02-337-5252 ㅣ 팩스 031-947-5868

ⓒ 2005 강산들 · 손영운 · 이우일

'노빈손'은 뜨인돌출판(주)의 등록상표입니다.
ISBN 978-89-5807-197-6 03810
(CIP제어번호: CIP2010004123)

어린이제품안전특별법에 의한 제품표시	
제조자명 뜨인돌 제조국명 대한민국 사용연령 10세 이상 어린이 청소년 제품	전화번호 02-337-5252 주소 경기도 파주시 회동길 337-9

노빈손, **티라노**의 **알**을 찾아라

강산들·손영운 지음 | 이우일 일러스트

뜨인돌

공룡은 2억 4,500만 년 전에 첫 모습을 드러낸 뒤 무려 1억 8,000만 년 동안이나 지구의 주인으로 군림해 왔다. 그 당시 포유류는 쥐처럼 미미한 존재였다.

인류는 그들이 멸종되고 6,500만 년이 지나서야 처음으로 지구상에 등장했다. 인간은 그들이 존재했다는 사실조차 까맣게 몰랐다. 심지어 고대 중국인들은 거대한 공룡뼈를 용뼈라며, 가루로 빻아서 점을 치거나 병을 고치는 데 사용했다.

공룡이 세상에 알려진 것은 불과 150년 정도에 불과하다. 거대한 파충류가 지구에 존재했다는 사실을 심각하게 인식한 사람은 의사이자 아마추어 고생물학자였던 멘텔이었다.

그 뒤 공룡 화석이 곳곳에서 발견되었다. 거대한 파충류의 뼈가 사람들의 관심을 끌기 시작하자 돈벌이를 위해 공룡 화석을 찾아나서는 화석 사냥꾼까지 등장했다.

인간의 몸집보다 훨씬 큰 공룡은 사람들의 호기심을 자극했다. 아득한 먼 옛날의 전설 같기만 했던 공룡은 1993년 스티븐 스필버그 감독의 영화 〈쥐라기 공원〉이 전 세계에서 히트하면서, 보다 구체적인 모습으로 우리 곁으로 다가왔다.

〈쥐라기 공원〉은 개봉 당시부터 영화 속의 공룡 복제를 놓고 말들이 많았다. 불가능하다는 의견과 가능하다는 의견이 팽팽히 맞섰으나, 세월이 흐르면서 유전 공학의 발달과 함께 가능하다는 쪽으로 무게 중심이 점차 기울고 있다.

그 동안 객지(?)를 떠도느라 변변히 자식 노릇 한번 못한 우리의 노빈손.

어머니 생일 선물을 마련하기 위해 아르바이트를 찾아다니다 구한 일자리가 '미스터리 과학연구소'의 조수. 연구소 소장은 키가 농구 골대만큼 큰데다 성격도 유별난, 유별난 교수. 부소장은 실종된 아버지를 찾으려는 쿨쿨천사.

무사히 아르바이트를 끝마치고 싶은 마음밖에 없는 노빈손. 그러나 알 수 없는 사건에 휘말려들면서 쿨쿨천사와 함께 공룡 세계에 발을 들여놓게 된다. 우리의 노빈손은 과연 무사히 돌아올 수 있을까?

노빈손과 쿨쿨천사를 따라서 어룡이 헤엄치고, 익룡이 날아다니고, 지축을 울리며 공룡이 달리던 중생대로 들어가 보자. 그곳에서 우리는 낯설게만 느껴졌던 공룡과 그 밖의 많은 친구들을 만나게 될 것이다.

이 책을 덮을 즈음이면 사람도 공룡도 아닌 공룡인간을 만나게 되더라도 우리는 놀라지 않을 것이다. 신나는 모험을 통해 그들과 함께 울고 웃고 아파했으므로. 노빈손 친구들은 따뜻한 마음을 열고 이미 그들에게 손을 내밀고 있을지도 모른다.

- 2005년 가을
강산들·손영운

Contents

공룡의 종류 한눈에 살펴보기

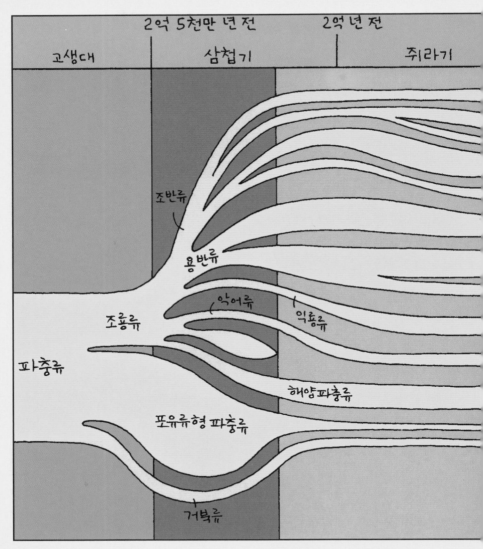

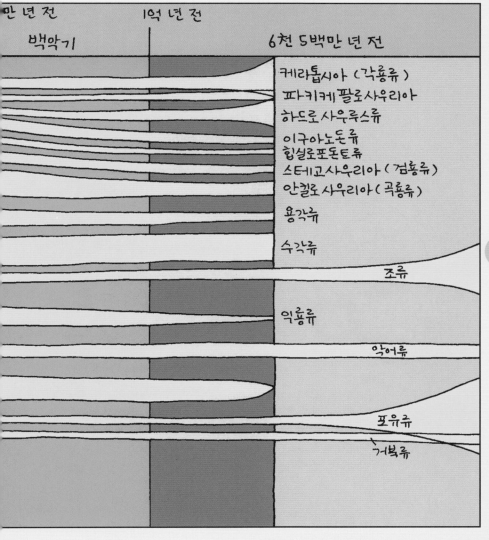

공룡은 고생대의 파충류부터 시작되어 여러 가지로 분류되었대.

위의 표는 이렇게 공통적인 특징에 의해 분류된 공룡들을 보기 쉽게 나타낸 것이야.

예를 들면, 검룡류에 속하는 스테고사우리아에는 스테고사우루스가 있고 곡룡류에 속하는 안킬로사우리아 무리에는

안킬로사우루스나 노도사우루스가 포함된다는 말이지. 어때? 이렇게 많은 종류의 공룡들이 있었다니 놀랍지?

필립 박사
공룡인간 복제 연구에 참여한 독일의 과학자. 중생대를 락거리면서 그 세계에 너무 깊이 빠진 나머지 자신이 인간인가 공룡인간인가 종종 헷갈려 한다. 어느 날 무시무시한 음모가 숨어 있음을 알게 된 그는 충직한 조수인 토마스와 함께 이 음모를 깨트릴 작전을 펼치는데…….

10

노빈손
대학 과학도들 사이에서 가장 미스터리한 인물. 감성 지수는 높으나 IQ지수는 측정 불가능. 새내기 대학생의 혈기로 아르바이트를 하려다 울며 겨자먹기식으로 공룡 세계로 들어가게 된다. 과연 이번에도 무사히 돌아올 수 있을까?

쿨쿨천사
갑자기 실종된 세계적인 물리학자의 외동딸. 성실한 공부벌레지만 어디에 내놓아도 빠지지 않는 미모를 스스로 더 자랑스러워한다. 공주병 말기 증상으로 주변의 우려를 자아내기도 하지만 아버지를 찾기 위해서라면 위험한 모험도 마다하지 않는 화끈하고 터프한 성격. 미인은 잠꾸러기라며 틈만 나면 장소불문하고 쿨쿨 잔다.

젤마

필립 박사의 딸. 아버지를 찾아 중생대에 들어온 그녀.
여전사처럼 강해 보이지만 알고 보면 한없이 부드럽고
여성스러운(?) 타입이라고나 할까. 말숙이와는 전혀 다
른 큰 눈과 금발, 서구적인 외모로 빈손의 마음을 들뜨게
하지만… 과연 속 깊은 대화가 될는지……

*공룡인간들

빅토르

트로인. 공룡인간 군대로 지구를 정복할 야심
을 가진 힌들러조아 박사의 부하. IQ가 200이
넘는다. 머리가 너무 좋아도 탈이 나는 법. 힌
들러조아 박사를 역이용해 공룡인간이 지배하
는 세상을 만들고자 한다.

베르타

트로인. 젤마의 친구. 파충류 특유의 뛰어난
감각과 순발력으로 노빈손을 여러 차례 도와
준다. 연인인 토마스가 죽자 멸망을 눈앞에 둔
중생대에 홀로 남는 순정파.

토마스

트로인. 트로오돈과 인간의 유전자 복제로 태
어났다. 필립 박사의 조수로 베르타와는 연인
사이.

세인

아파인. 중생대에서 몸집이 최고 큰 초식동물
인 아파토사우루스와 인간의 유전자 복제로
탄생했다. 큰 덩치에 어울리지 않는 소심함과
순진함을 고루 갖춘 천사표 공룡인간. 전쟁을
싫어함에도 불구하고 빈손의 얼렁뚱땅 잔머리
에 홀려 위기에 빠진 노빈손 일행을 도와준다.

1. 미스터리 과학연구소

이상한 메일 한 통

인천국제공항 청사는 출·입국하는 사람들로 매우 붐볐다.

출국장이 있는 3층 아이스크림 전문점 테이블에 앉은 여자는 늘씬한 키에 윤기가 흐르는 긴머리를 어깨까지 늘어뜨리고 있었다. 에어컨 바람에 하늘거리는 꽃무늬 원피스의 그녀가 심각한 표정으로 맞은편 남자에게 말을 걸었다.

"빈손아, 교수님에게 무슨 일이 생긴 건 아닐까?"

그녀는 노벨상 수상이 유력했던 사라진 천재 물리학자의 외동딸이자 미스터리 과학연구소의 부소장인 쿨쿨천사였다.

"곧 오시겠지. 세미나에 참석하러 갈 사람은 우리가 아니라 교수님이시니까."

노빈손은 스푼으로 아이스크림을 듬뿍 떠서 입 안에 넣었다.

쿨쿨천사는 군침을 삼키며 테이블에 놓인 자신의 컵을 내려다보았다. 약간 녹기는 했지만 비교적 처음 모습을 유지하고 있었다. 먹고 싶은 마음은 굴뚝같았지만 참아야 했다. 2년 전 차를 몰고 집으로 오는 도중, 고속도로에서 차와 함께 감쪽같이 사라져 버린 아버지를 찾아 나서면서 마음속으로 결심한 것이 있었다. 아버지를 찾기 전까지 가장 좋아하는 아이스크림을 먹지 않겠다는 것.

"왜 안 오시지? 기다리기 지루한데 하나 더 먹을까 봐."

노빈손이 스푼으로 빈 컵을 빙글빙글 돌렸다. 컵은 떨어질 듯 비틀거리면서도 용케 돌았다.

"또, 먹는다고?"

"뭘 그렇게 놀래? 이제 겨우 네 개째야! 난 4라는 숫자가 좋아. 왠지 모르게 안정감이 느껴지거든."

쿨쿨천사는 어이가 없어서 코웃음을 치고 말았다. '4'를 좋아해서 그나마 다행이었다. '8'이나 '9'를 좋아했더라면 어떻게 됐을까?

"내 거 먹어."

"왜, 먹지 않고?"

쿨쿨천사의 말이 떨어지기 무섭게 노빈손이 아이스크림 컵을 자기 앞으로 가져가며 물었다.

"속이 불편해."

"다이어트 중이구나! 그렇지?"

노빈손이 눈을 반짝였다.

쿨쿨천사는 아니라고 말하려다가 그만두었다. 자신의 당찬 결심을 노빈손이 어찌 알랴. 가장 좋아하는 일을 자제함으로써 의지를 불태우는 마음을.

아이스크림은 누가 제일 먼저 만들어 먹었을까

로마 황제 네로가 포도주에 과일을 섞고, 알프스 산에서 가져온 얼음을 넣어 먹었다는 기록이 있다. 기원전 4세기경 알렉산더 대왕이 이집트 원정을 갔을 때, 알프스의 겨울 눈을 보관했다가 과일이나 주스를 차갑게 만들어서 먹게 하여 병사들의 사기를 높였다는 일화도 전해진다. 본격적으로 아이스크림이 대량 생산되어 보급되기 시작한 것은 1900년대 초 미국이다.

아이스크림이 크기에 비해 가벼운 이유

아이스크림의 맛을 결정하는 데 가장 중요한 역할을 하는 것은 공기. 우유와 크림, 설탕 등을 섞어 아이스크림을 만들 때 반드시 공기를 주입시켜야 한다. 이때 들어가는 공기의 양에 따라 아이스크림의 부드러움 정도가 결정되기 때문. 공기가 많이 포함될수록 부드럽고 감칠맛이 난다. 아이스크림이 부피에 비해 가벼운 것도 공기 덕분.

"인간의 뇌라는 게 참 신비해! 난 한 번도 다이어트 할 생각을 안 해 봤는데 어떻게 쿨쿨천사가 다이어트 할 생각을 했을까?"

노빈손이 아이스크림을 입 안에 넣고 강물에서 나온 곰처럼 몸을 부르르 떨었다.

"음! 새콤달콤, 짜릿한 이 맛!"

쿨쿨천사는 꿀꺽 침을 삼키며 유리창 밖으로 시선을 돌렸다.

보통 사람보다 머리 하나가 더 큰 남자가 성큼성큼 다가오고 있었다. 영화 〈반지의 제왕〉에 나오는 움직이는 나무 '엔트'가 생각났다. 한때 농구 선수가 될지, 과학자가 될지를 놓고 진지하게 고민했다는 미스터리 과학연구소 소장 유별난 교수였다.

"오래 기다렸지? 늦어서 미안하네!"

"왜 이렇게 늦으셨어요?"

"연구실을 나서려는데 이상한 메일이 한 통 와서, 생각을 좀 하느라고."

"어떤 메일인데요?"

갑자기 노빈손의 눈이 반짝였다.

"자네들 의논을 들어볼까 해서 뽑아 왔네."

유별난 교수가 품안에서 A4용지를 꺼내 쿨쿨천사에게 내밀었다. 노빈손은 쿨쿨천사 옆에 붙어 메일을 읽었다.

ⓒ 존경하는 미스터리 과학연구소 소장님께 ⓒ

중생대로 들어가서 티라노사우루스의 알을 훔쳐 오려는 위험한 세

력이 있습니다. 그들이 알을 들여오게 되면 지구는 엄청난 재앙을 맞게 됩니다. 그들의 음모를 막아 주십시오. 사례는 톡톡히 하겠습니다. 사건을 맡겠다는 답신을 주시면 보다 구체적인 내용을 보내 드리겠습니다.

"정말로 중생대로 갈 수 있을까?"

쿨쿨천사는 동의를 구하듯 노빈손을 돌아보았다.

"가만 있자, 중생대면 언제지? 패스트 푸드가 발견되기 전인가?"

"그걸 말이라고 해! 지금으로부터 약 2억 4천7백만 년 전부터 6천

5백만 년 전의 세계야. 공룡이 지구를 지배했던 약 2억 년간의 세계라고!"

노빈손의 심드렁한 대꾸에 쿨쿨천사는 자기도 모르게 목소리가 높아졌다.

"그렇군! 그런데 중생대로 들어가려는 무리들이 있다 이거지?"

"그래!"

"이건 말도 안 되는 유치한 장난이야. 그렇죠, 교수님?"

"음, 꼭 그렇게 단정 지을 수는 없네. 비록 논리에 맞지 않는다 하더라도 누군가 꿈꾸기 시작했다면 가능성은 있는 거야."

"제 생각도 그래요. 부정의 부정은 긍정이듯이 이건 너무 장난 같아서 오히려 현실감이 느껴지는데요."

쿨쿨천사가 맞장구를 쳤다.

"말도 안 돼!"

노빈손이 남아 있는 아이스크림을 핥으며 머리를 설레설레 흔들었다.

"자, 비행기 시간이 다 됐으니 일단 나가자!"

유별난 교수가 자리에서 일어났다.

출국장 안의 사람들이 전혀 일행 같아 보이지 않는 세 사람을 힐끔거리며 돌아보았다.

"어떡하죠, 교수님? 일단 사건을 맡겠다는 회신을 보낼까요?"

쿨쿨천사가 유별난 교수의 걸음에 맞추기 위해 뛰듯이 쫓아가며 물었다.

"그것도 하나의 방법이지."

"그런 장난에 맞장구 치는 너도 특이한 아이야……."

"이봐, 조수! 소장님과 부소장이 이야기할 때는 잠깐 빠져 있도록."

쿨쿨천사는 약올리듯이 노빈손에게 힘주어 말했다.

"누가 내 이야기하나 봐. 왜 이렇게 귀가 가렵지?"

노빈손이 손가락으로 귀를 후비며 딴청을 부렸다.

출국장 앞에서 쿨쿨천사가 걸음을 멈추며 물었다.

"교수님 같으면 어떻게 하시겠어요? 만약 세미나에 참석하지 않으신다면?"

"나? 나 같으면 생각하고 말고 할 것도 없지! 당연히……."

유별난 교수가 대답을 하는 순간, 비행기의 요란한 굉음이 들려 왔다. 그 때문에 소리가 전혀 들리지 않았다.

"네? 교수님, 지금 뭐라고 하셨어요?"

쿨쿨천사가 다시 물었다.

"자, 그럼 열흘 뒤에 보자!"

유별난 교수는 싱긋 미소를 짓고는 출국장 안으로 들어갔다.

"교수님!"

쿨쿨천사는 달려가서 붙잡을까 하다가 그만두었다. 똑같은 말은 두 번 다시 하지 않는, 유별난 교수의 유별난 성격을 잘 알기 때문이었다.

유별난 교수가 시야에서 사라지자 노빈손이 물었다.

"어떡하지?"

"공은 마침내 우리에게 넘어왔어!"

"설마, 이런 엉터리 사건을 맡으려는 건 아니겠지?"

바퀴벌레에 대한 편견

인간이 가장 혐오하는 벌레의 1순위는 무엇일까? 바로 바퀴벌레. 그러나 바퀴벌레는 의외로 깨끗한 습성을 가졌다. 제 몸 구석구석을 잘 핥아 관리하고, 인간과 접촉한 뒤에는 더욱 격렬하게 몸을 핥아 청결 유지에 힘을 쓴다고 한다. 인간을 위한 의학 실험 대상이나 의약품의 원료로 이용되기도 한다. 브라질에서는 바퀴벌레에서 나온 성분으로 알러지 질환에 관한 백신을 개발하는 연구가 진행되고 있다.

20

"어렸을 때 아빠가 그러셨지. 설마를 조심하라고. 설마가 사람 잡는다고."

쿨쿨천사는 아버지를 그리워하며 말했다.

"아무리 그래도 이런 터무니없는 사건을 맡아서는 안 돼!"

"빈손아, 오른팔을 다치면 어느 손으로 밥 먹지?"

"왼팔."

"잘 아네! 그럼 소장님이 안 계시면 누가 연구실 책임자지?"

"그야, 부소장이지!"

"그렇지? 그러니 넌 잠자코 날 따라와. 해고 당하고 싶지 않으면!"

"해고? 금고는 좋지만 해고는 좀……."

"내가 하자는 대로 할 거지?"

"알았어, 알았어."

노빈손이 울상을 지으며 말했다.

유별난 교수의 개인 연구실은 미스터리 과학 연구소와 겸용으로 쓰고 있었다. 노빈손이 들어서며 불을 켜자 테이블 위를 서성이던 바퀴벌레 두 마리가 달아나기 시작했다.

"악! 바퀴벌레!"

노빈손이 비명을 질렀다.

"바퀴벌레가 더럽다는 편견을 버려."

쿨쿨천사가 재빨리 손으로 기어가는 바퀴벌레를 잡았다. 아무렇지도 않게 바퀴벌레를 쓰레기통에 던져 넣고는 태연하게 컴퓨터를 켰다.

"여자 맞아?"

노빈손은 화들짝 놀라며 의자 위로 올라갔다.

쿨쿨천사는 미스터리 과학연구소 사이트로 들어갔다. 한 통의 메일이 와 있었다.

ⓒ 존경하는 미스터리 과학연구소 소장님께 ⓒ

어제 제가 보낸 메일에 답신이 없어 유감입니다.

중생대로 들어갈 수 있다는 제 말을 믿지 않으시는군요. 제가 중생대에 들어갔다 나오면서 발견한 동굴벽화를 보시면 흥미가 생기실 겁니다. 조속한 답신을 바라며 사진을 보냅니다.

"이 사람 정말 끈질기네!"

언제 와서 보고 있었는지 노빈손이 등 뒤에서 말했다.

목이 긴 공룡

목이 긴 공룡의 무리를 용각류라 한다. 가장 대표적인 공룡으로는 마멘키사우루스. 이 공룡은 목 길이가 약 13m나 되는데, 학자들은 이 공룡이 머리까지 어떻게 피를 밀어 올렸을지 궁금증을 아직 풀지 못하고 있다.

목뼈가 너무 많은 어룡

엘라스모사우루스는 몸길이의 절반을 차지할 정도로 목이 긴 어룡인데, 이 어룡의 목뼈는 모두 76개로 척추동물 중에서 가장 많다. 목이 긴 기린의 목뼈도 7개에 불과한데 말야.

22

쿨쿨천사는 첨부된 파일을 클릭했다. 그러자 화면 가득 한 장의 사진이 떠올랐다. 목이 긴 공룡의 목에 인간들이 타고 있는 모습을 그린 동굴 벽화였다. 그림 밑에는 '고마워요, 세인!'이라고 한글이 적혀 있었다.

"말도 안 돼! 공룡이 지구상에서 사라진 건 6천5백만 년 전이야. 인류의 조상이 나타난 건 고작해야 60만 년 전이고. 그런데 어떻게 공룡과 인간이 함께 있을 수 있어? 이건 엉터리 벽화야!"

노빈손이 흥분해서 소리쳤다.

"합성이라는 거야?"

"물론이지! 그런데 쿨쿨천사의 글씨와 비슷하네?"

노빈손이 고개를 갸웃거렸다.

쿨쿨천사는 글씨만 클로즈업시켰다. 아닌 게 아니라 자신의 글씨체와 비슷했다.

"거기다가 한글이라니? 한글은 만들어진 지 6백 년이 채 안 됐어!"

"우리 차근차근 생각해 보자."

"생각하고 말고 할 것도 없다니까."

노빈손은 먹고 있던 새알 초콜릿을 높이 던졌다. 초콜릿이 뒤편으로 포물선을 그리며 날아가자 재빨리 의자바퀴를 뒤로 굴리면서 입을 떠억 벌렸다. 초콜릿은 정확히 입 안으로 빨려 들어갔다.

쿨쿨천사는 신기했다. 노빈손의 게으름은 타의추종을 불허했다. 한번은 과학의 날에 간이 화장실 겸 의자를 발명해 제출했는데, 용도는 자신처럼 밥 먹고 화장실 가기 귀찮은 인간들을 위해서라고 했다. 그런데 초콜릿 한 알 때문에 저토록 신속하게 움직일 수 있다니, 경이롭기까지 했다.

"빈손아, 인간이 중생대로 돌아가는 건 현재의 과학기술로는 불가능하지?"

"당연하지!"

"인간과 공룡은 공존할 수 없지?"

"당근!"

"중생대에 한글이 발견된다는 건 말도 안 되지?"

"왕 당근이지!"

"그렇다면 이건 일반 상식으로는 해결할 수 없는 미스터리한 사건이네. 그렇기 때문에 미스터리 과학연구소에 사건을 의뢰한 것이 아닐까?"

쿨쿨천사의 유도 심문에 걸려든 노빈손은 아

우리와 다른 인류가 지구에 살았다는데

현생 인류의 조상은 크로마뇽인. 크로마뇽인 외에 다른 인류가 지구에 존재했었는데 그들이 바로 네안데르탈인이다. 최근 화석에서 추출한 DNA 분석 결과 크로마뇽인과 네안데르탈인은 '생물학적으로 서로 다른 종(교배, 즉 결혼을 해도 자식을 낳을 수 없다)'이라는 결론에 도달했다. 만약 네안데르탈인이 멸종하지 않고 계속 진화를 했다면 지구에는 또 다른 인류가 존재했겠지?

공룡과 인간이 함께 영화에 등장할 수 없는 까닭

공룡을 주제로 하는 영화를 보면 원시인들이 함께 등장하는 경우가 있는데 이것은 과학적으로 모순이다. 왜냐하면 공룡과 인간은 서로 다른 시대에 살았기 때문. 공룡은 중생대(약 2억 4천5백만 년 전~6천5백만 년 전)에 살았고, 인류의 조상인 영장류는 약 2백~3백만 년 전에 나타났다. 하지만 이때는 이미 공룡이 멸종한 후.

인간의 육감

인간은 촉각 · 청각 · 미각 · 시각 · 후각의 다섯 가지 감각 기관을 가지고 있고, 이를 오감이라고 한다. 그런데 인간은 감각 기관에 의지하지 않고, 직관적으로 사태의 진상을 파악하는 정신 작용을 하는데 이를 육감이라 한다. 현대 심리학에서는 이를 ESP(초감각적 지각)라고 한다.

무 말도 못하고 한참 동안 눈동자만 깜빡거렸다.

"인간은 자신이 갖고 있는 상식의 잣대로 세상 만물을 재려고 하지. 그렇기 때문에 수많은 오류가 생기는 거야."

"그럼 뭘로 측정해야 하는데?"

"그래서 신이 인간에게 오감 외에 한 가지 감각을 더 준 거야. 육감!"

"과학도가 육감 따위에 의존하면 보기 안 좋아! 점쟁이도 아니고……."

"충고 고마워, 빈손아! 일단, 사진을 출력해서 공룡학자인 왕발 교수님을 찾아가 보자!"

쿨쿨천사는 인쇄를 눌렀다. 프린터가 요란한 소리를 내며 사진을 밀어냈다.

"왕발 교수님은 보나마나 비웃을 걸."

"그럴까? 그럼 밑부분만 잘라내고서 보여 드리지, 뭐."

쿨쿨천사는 가위로 '고마워요, 세인!' 이라고 쓰인 부분을 잘라냈다.

"그래도 비웃으시면?"

"그럴지도 모르지. 하지만 자신의 상식에 어긋난다고 해서 새로운 이론이나 현상을 비웃는다면 그건 학문하는 사람의 자세가 아냐."

쿨쿨천사가 앞장서서 연구실을 나갔다.

왕발 교수가 손수 원두커피를 타 왔다.

"맛이 어떤가?"

"정말, 맛있네요! 향도 독특하고."

쿨쿨천사가 한 모금 맛을 본 뒤 말했다.

"세상에서 가장 비싼 커피라네."

"그럼 혹시 시빗?"

노빈손이 조심스럽게 물었다.

왕발 교수는 흐뭇한 표정을 지으며 고개를 끄덕였다.

무심코 커피 잔을 입술로 가져가려던 쿨쿨천사는 순간, 동작을 우뚝 멈췄다. 토할 것처럼 속이 느글거렸다.

시빗 원두 커피는 '시빗'이라고 불리는 사향 고양이에게 잘 익은 커피 체리를 먹인 뒤, 소화하지 않고 배출한 소시지 모양의 배설물이 원료였다. 커피의 독특한 초콜릿 향은 사향 고양이의 소화 과정 중 위에서 흘러나온 효소 때문이었다.

"제가 마셔 본 커피 중 최고인데요."

노빈손은 냉수 마시듯 한 입에 털어놓고는 엄지를 치켜세웠다. 참으로 대단한 비위였다.

미스터리 과학연구소

시빗 원두 커피

최고급 원두 커피로 인기를 끌고 있는 시빗 원두 커피는 동물의 배설물에서 나온 커피콩으로 만든다. 이 배설물의 주인은 '시빗(Civet palm)'이라고 불리는 사향 고양이인데, 이 고양이는 동남아 열대 우림에서 서식하며 주로 밤에 활동하는 야행성 동물이다. 시빗 커피라 불리는 이 배설물은 사향 고양이가 12월에서 3월 사이 수확한 잘 익은 커피 체리를 먹은 후, 이것을 소화시키지 않은 채 배출한 것. 소시지 모양이다.

효소

동물이나 인간의 몸 안에서 일어나는 각종 화학 반응의 속도를 빠르게 해 주는 촉매 역할을 하는 단백질. 우리가 음식물을 먹은 후에 소화 활동을 할 때, 소화 효소가 결정적인 역할을 한다. 펩신, 트립신 등이 있다.

"자네도 마시게나."

"네, 교수님."

쿨쿨천사는 할 수 없이 잔을 들어올렸다. 고양이 똥을 먹는다고 생각하니 다시금 속이 울렁거렸다.

"교수님, 이런 일이 가능할까요?"

쿨쿨천사는 프린트해 온 사진을 내밀었다.

"뭔데 그래? 빈손 군, 책상에 놓인 안경 좀 갖다 주게나."

"네, 교수님!"

노빈손이 자리에서 일어났다.

'찬스!'

쿨쿨천사는 그 틈에 커피 잔을 노빈손의 잔과 바꿔치기했다. 왕발 교수에게 안경을 건네주고 돌아온 노빈손이 잔을 내려다보며 고개를 갸웃거렸다.

"어라? 비싼 커피는 뭔가 달라도 다르네. 리필도 자동으로 해 주고."

혼잣말을 중얼거리는가 싶더니 다시금 커피를 단숨에 들이켰다.

"인간이 공룡과 공존한다는 게 가능할까요?"

"그 전에, 내가 묻는 두 가지 질문에 먼저 답을 해 주게. 자네들의 대답이 마음에 들면 내 생각을 말해 주겠네."

일종의 시험이었다. 왕발 교수는 학생이 질문을 하러 가면 항상 이런 식으로 학생의 자질을 테스트했다.

"감사합니다."

쿨쿨천사와 노빈손은 고개 숙여 교수에게 예의를 표했다.

"우리나라에서 공룡 발자국이 많이 발견되는 이유가 무엇인가?"

예상보다는 난이도가 낮은 질문이었다. 쿨쿨천사가 먼저 대답했다.

"중생대 때 대보조산운동이라 불리는 지각변동으로 인해 소백산맥을 비롯한 습곡산맥이 만들어졌습니다. 그 과정에서 수십 킬로미터에서 수백 킬로미터에 이르는 대규모 호수가 생겨났고, 그 주변에 늪지대가 형성되었습니다. 수분을 머금은 호숫가의 퇴적층은 공룡 발자국

> **대보조산운동**
> 한반도는 중생대 시기에 지각 변동이 많이 일어났다. 그러나 워낙 지반이 튼튼해서 지층이 구부러지는 습곡보다는 단층 운동이 많이 일어났는데, 이때 일어난 대표적인 단층 운동 중의 하나가 대보조산운동이다. 대보조산운동으로 옥천대에 대보화강암이 넓게 관입되고, 습곡과 단층이 많이 일어나는 등 남한 지역에 심한 지각변동을 가져왔다.

이 찍히기에 최상의 조건이기 때문입니다."

"음, 제대로 공부했구먼! 서하진 박사님이 자식 교육은 참 잘 시켰단 말이야!"

왕발 교수가 한동안 고개를 끄덕이다가 말을 이었다.

"공룡 발자국은 우리나라 전역에서 발견되고 있네. 고성에서만 현재까지 4,000여 족이 발견되었지. 발자국들은 주로 경상누층계에 속하는 진동층에서 발견되고 있다네."

첫 번째 관문은 무사히 통과했다. 쿨쿨천사는 기분이 좋았다. 일단 자신의 몫은 다한 셈이었다.

"그럼 이번에는 좀 더 어려운 문제를 내 보겠네. 공룡의 특징을 세 가지로 정의해 보게."

노빈손이 왕발 교수의 말이 떨어지기 무섭게 대답했다.

"첫째, 양이 많다! 둘째, 질기다! 셋째, 귀하다!"

순간, 쿨쿨천사는 입을 떠억 벌렸다. 왕발 교수의 표정을 슬쩍 살피니 황당함을 감추지 못하고 있었다.

"흠흠! 일리가 있기는 하다만 그건 공룡의 특징이라기보다는 공룡 고기의 특징 아닌가?"

"그런가요? 죄송합니다. 제가 배가 고파서 잘못 들었거든요."

노빈손이 재빨리 허리 숙여 사과했다.

"음, 허기가 지다 보면 환청이 들릴 수도 있지. 나 역시 학창시절에

주린 배를 움켜쥐고 공부해 봐서 비슷한 경험이 있네."

"이해해 주셔서 감사합니다."

쿨쿨천사는 머리를 조아리는 노빈손의 배를 유심히 살폈다. 볼록 나온 저런 배가 주린 배라면 가득 찬 배는 어떤 모습일지 상상이 잘 되지 않았다.

"공룡의 세 가지 특징을 다시 대답해 보게."

쿨쿨천사는 불안한 눈길로 노빈손을 쳐다보았다. 이번에도 엉터리로 대답한다면 끝장이었다.

"첫째, 공룡은 중생대에만 생존한 파충류이다. 둘째, 공룡은 육지에서 생존했던 파충류이다. 따라서 하늘을 나는 파충류였던 익룡, 바다 파충류인 어룡과 수장룡 등은 공룡이 아니다. 셋째, 공룡은 몸 아래로 곧게 뻗은 다리를 갖고 있다."

순간, 쿨쿨천사는 자신의 귀를 의심했다. 노빈손의 입에서 흘러나온 말이라고 믿기 어려울 정도였다.

"훌륭하네!"

왕발 교수 역시 노빈손이 그토록 완벽한 대답을 하리라 예상하지 못했는지 박수까지 쳤다.

"공룡은 설 수 있었기 때문에 자유롭게 호흡할 수 있었고, 길고 튼튼한 뒷다리를 이용해서 빠르게 달릴 수 있었네. 그래서 무려 1억 8천만 년 동안이나 지구의 주인으로 군림할 수 있었던 거라네."

왕발 교수는 시선을 돌려 책상 위에 놓여 있는 티라노사우루스의 모형을 지그시 바라보았다. 마치 자식을 대하듯…….

**쥐라기의 폭군
알로사우르스**

쥐라기에 살았던 육식 공룡 중에서 가장 큰 편. 알로사우르스는 톱니처럼 날카로운 이빨로 먹이를 찢어 먹었고, 갈고리 모양의 세 손가락은 먹이를 움켜잡는 역할을 했을 것으로 보여진다. 미국과 포르투칼에서 발견된 화석으로 보아 덩치가 큰 리더를 중심으로 대여섯 마리가 무리를 지어 다니면서 사냥했다.

"이제 내가 자네들의 물음에 답할 차례인가?"

책상으로 다가간 왕발 교수가 서랍을 열더니 A4용지만한 사진을 꺼내 왔다.

"이걸 좀 보게나."

왕발 교수가 건네 준 사진은 공룡 발자국 사진이었다. 그런데 이상한 것은 그 옆에 나 있는 작은 발자국들이었다. 얼핏 보기에는 사람 발자국 같았다.

"이게 뭐죠? 사람 발자국은 아닐 테고……."

쿨쿨천사가 조심스럽게 물었다.

"큰 건 알로사우루스 발자국, 작은 건 사람 발자국일세."

"알로사우루스라면 쥐라기의 폭군으로 불리던 난폭한 공룡 아닌가요?"

"그렇지!"

"그런데 어떻게 사람 발자국과 함께? 아, 알겠다!"

노빈손이 갑자기 자신의 이마를 손바닥으로 쳤다. '픽!' 하는 소리가 실내에 울려퍼졌다.

"공룡 발자국이 찍히고 나서 세월이 흐른 뒤에 사람 발자국이 찍힌 거죠?"

노빈손은 확신을 갖고 자랑스럽게 물었다. 그러나 왕발 교수는 머리를 흔들었다.

"아닐세. 방사성 동위원소를 이용한 절대 연령 측정 결과, 같은 시기에 찍힌 걸로 판명되었다네."

"언제, 어디서 발견한 건가요?"

사진을 유심히 살피며 쿨쿨천사가 물었다.

"십 년 전, 고성에서 발견하였네."

"음! 발견한 교수님조차도 믿을 수 없었군요. 학계에 발표했다가는 조롱거리가 될 것 같아 발표조차 못하신 거죠?"

"정확하네! 공룡과 인간이 공존했다는 사실을 어떻게 믿을 수 있겠나?"

사람 발자국은 모두 네 족이었다.

"한 쌍의 남녀 같네요."

"나도 그렇게 생각하네."

"맨발인가요?"

"당연히 맨발이지 않을까?"

쿨쿨천사의 물음에 노빈손이 얼른 대답했지만 쿨쿨천사는 개의치 않고 다시 왕발 교수에게 물었다.

"큰 쪽은 크기가 얼마나 되나요?"

"270밀리미터."

"와아, 내 발 크기와 똑같네!"

노빈손이 마치 만유인력이라도 발견한 듯 소리를 질렀다. 쿨쿨천사는 빈손에게 시선도 주지 않고 다시 질문을 던졌다.

"작은 쪽은요?"

방사성 동위원소란?

어떤 원소의 동위원소 중에서 방사능을 지닌 것을 말한다. 지층의 외부 온도나 압력의 변화에 관계없이 일정한 방사능을 방출하면서 일정한 속도로 붕괴, 다른 원소로 변하는데, 이 원소로 지질 연대를 측정한다. 광물이나 암석 속에 들어 있는 방사능을 방출하는 원소와 그 원소가 변하여 새로 생긴 원소의 비율을 측정하고, 자연 붕괴한 방사성 원소의 양이 반으로 줄어드는데 걸리는 시간을 이용하면 지층의 절대 연령을 알 수 있다. 화학·생물학·농업·의학 등 여러 방면에 원소를 추적하거나 병을 진단하는 데 쓰인다.

"245밀리미터."

"이번에는 제 발과 크기가 같네요. 그렇다면 둘 중 하나예요."

"어떤?"

왕발 교수가 흥미로운 눈길로 바라보았다.

"발 크기가 270이라면 아직 밝혀지지 않은 체구가 큰 종족이거나 신발을 신었거나."

"음…… 나는 첫 번째 경우만 생각했는데 자네 말을 듣고 보니 두 번째 경우도 가능하겠군."

"어떻게 그런 게 가능하죠? 미래의 인류가 타임머신을 타고 중생대로 여행이라도 떠났다는 건가요?"

노빈손이 둘의 대화 속으로 끼어들었다.

"타임머신도 하나의 방법이지. 발자국을 발견한 장소가 정확히 어디인가요?"

"고성의 해안가일세. 이리 와 보게."

왕발 교수가 고성군 지도를 활짝 펼친 뒤 한 지점을 볼펜으로 짚었다.

 연구실로 들어서니 전화벨이 요란하게 울렸다. 쿨쿨천사는 재빨리 수화기를 들었다.

"네, 미스터리 과학연구소……."

"나야! 지금 CNN을 틀게!"

유별난 교수가 말허리를 자르며 대뜸 말했다.

"교수님? 어디세요? 워싱턴에는 도착하셨나요?"

"당장 CNN을 틀라지 않는가?"

유별난 교수가 버럭 고함을 질렀다. 귀청이 얼얼했다.

"정말 성격 한 번 유별나다니까."

쿨쿨천사는 중얼거리며 텔레비전을 켰다.

CNN에 채널을 맞추니 베를린 근교의 허름한 건물이 불길에 휩싸여 있었다. 대규모 폭발이 있었는지 건물이 반쯤 허물어져 있고, 파편이 사방으로 흩어져 있었다. 리포터가 현장에서 독일인을 붙들고 인터뷰를 했다. 동시통역사가 영어로 행인의 말을 통역했는데 두 차례의 거대한 폭발음이 들려 왔다고 했다.

"불길을 잡기 위해 뛰어다니는 소방관들이 보이는가?"

"네, 교수님!"

"지금 자네가 보고 있는 곳이 어디인지 아나?"

"아나운서가 가구 공장이라고 하는데요."

"아냐! 그건 위장용이야."

유별난 교수가 잘라 말했다.

"그럼 뭐하는 곳이죠?"

"지하에 복제 연구실이 있네. 독일 최고의 과학자들이 모여서 동물과 인간을 이용한 다양한 복제를 연구하고 실험하는 곳이야. 아무래도 과학자들을 노린 고의적인 범죄 같아."

생명 복제

수컷과 암컷의 정상적인 생식 과정을 거치지 않고 과학자들이 염색체에 의해 생명현상이 일어나는 원리를 이용하여 인위적으로 생명을 탄생시키는 것이 생명 복제이다. 즉, 어떤 동물의 수정란이 다른 동물의 체세포(몸을 구성하는 세포, 예를 들면 피부나 근육 세포 등)에 있는 염색체와 동일한 염색체를 가지게 만들어, 체세포의 핵을 제공한 동물과 똑같은 동물을 만드는 것이다.

"박사님이 어떻게 그렇게 잘 아세요?"

"그곳에 친구가 있으니까. 쿨쿨천사, 지금 당장 빈손 군과 함께 한국호텔로 가게. 1201호에 묵고 있는 필립 박사가 잘 있는지 확인해 보도록!"

필립 박사와 유별난 교수는 절친한 친구였다. 얼마 전에 한국에 왔다는 이야기는 들었으나 만난 적은 없었다.

"필립 박사님도 복제 연구에 참여하고 있나요?"

"그래. 아무래도 예감이 좋지 않아. 어서 가서 확인해 주게. 내 다시 전화하겠네."

통화는 이내 끊겼다.

탐정이 된 노빈손

 한국호텔은 여느 때와 변함없었다. 엘리베이터를 타고 12층에 내리자 1층 로비와는 달리 분위기가 이상했다.

1201호 앞에는 많은 사람들이 웅성거리고 있었다. 노빈손은 쿨쿨천사와 함께 사람들 뒤에서 까치발을 하고 안을 살폈다. 출입구는 경찰관이 막고 있었다. 안에서 무슨 일이 생긴 게 분명했다.

"내가 들어갔다 나올게."

노빈손이 귀엣말을 했다.

"어떡하려고?"

"나에게 맡겨. 내가 탐정 만화라면 자다가도 벌떡 일어나거든!"

품안에서 검은 수첩을 꺼내든 노빈손이 사람들을 헤집고 들어갔다.

"자자, 여기서 이러고 계시지 말고 각자 방으로 돌아가세요!"

노빈손이 위엄 있게 말하자 투숙객들이 힐끔힐끔 돌아보며 길을 터 줬다.

"수고가 많네!"

노빈손은 수첩으로 경찰의 어깨를 툭 치고는 안으로 들어갔다. 경찰관은 그의 뒷모습을 바라보며 고개를 갸웃거렸다.

현관을 지나 안으로 들어가자 널찍한 테이블이 놓여 있는 거실이 나왔다. 물건들이 뒤죽박죽 되어 있어서 어수선했다.

룸은 상당히 넓었다. 침대가 모두 세 개나 되었다. 텔레비전과 마주한 침대 아래 한 사내가 가운 차림으로 쓰러져 있었다.

사복 경찰관 두 명이 시신을 면밀히 살피는 중이었다.

"목에 치명상을 입고 즉사했어."

"도대체 뭐에 찔린 걸까요? 마치 거대한 독수리가 목을 움켜쥔 것 같은데요."

"독수리? 자네, 비약이 너무 지나친 거 아냐?"

"예를 들면 그렇다는 거죠."

핸드폰 벨이 요란하게 울렸다. 나이가 지긋해 보이는 형사가 주머니에서 핸드폰을 꺼내들었다.

"벌써 신원 파악이 끝났나? 빨라서 좋군."

형사는 핸드폰을 들고 창가로 걸어갔다.

"뭐야? 이 사람이 세계 경제를 뒤흔들만한 갑부라고? 골치 아프게 생겼군. 거물이 죽었으니."

죽은 자는 다행히도 필립 박사는 아니었다.

'그렇다면 필립 박사는 어디로 사라진 걸까? 이미 경찰에 연행된 걸까?'

노빈손이 골똘이 생각에 잠겨 있는데 통화를 하고 있던 형사가 갑자기 돌아섰다. 숨기에는 너무 늦어 있었다. 눈이 허공에서 정면으로 마주쳤다.

"당신, 뭐야?"

"어라, 여기가 아닌가?"

노빈손은 뒤통수를 긁적이며 재빨리 호텔방을 나섰다. 등 뒤에서 "저 친구, 뭐야?" 하고 어이없어 하는 소리가 들려 왔다.

"뭐 좀 알아냈어?"

"아직은."

쿨쿨천사의 다급한 물음에 빈손은 목소리를 최대한 낮추고 멋진 척 대답했다.

엘리베이터를 타고 1층으로 내려간 빈손은 다시금 수첩을 꺼내들고 프런트를 향해 빠른 걸음으로 다가갔다.

"수고 많으십니다."

노빈손은 만화 속의 형사처럼 수첩으로 거수 경례를 했다.

"안녕하세요. 무엇을 도와 드릴까요?"

제복을 입은 여직원이 상냥하게 물었다.

"1201호에 투숙했던 필립 박사를 마지막으로 본 게 언제입니까?"

"오늘 아침 아홉 시였습니다. 토마스 박사님과 함께 러시아로 출국한다고 해서 공항까지 차로 모셔다드렸습니다."

"죽은 사람만 남겨 놓고 출국한 거로군요."

"필립 박사님이 괴링 씨는 이틀 더 묵을 거라고 했거든요."

"혹시 다른 일행은 없었나요?"

"세 분이 더 있었습니다. 그분들은 어제 오전에 체크아웃을 하셨습니다."

"협조해 주셔서 감사합니다."

노빈손은 여직원에게 한쪽 눈을 찡긋 감으며 윙크를 하고는 돌아섰다.

호텔을 나서자 뜨거운 햇볕이 내리쬐었다. 노빈손은 핸드폰으로 인천국제공항 출입국 관리소에 전화를 걸었다. 필립 박사와 토마스

햇볕이 따가운 이유

여름이라고 태양이 더 뜨겁게 달아오르거나 지구가 태양에 더 가까이 가는 것도 아닌데 햇볕이 평소보다 따갑게 느껴지는 이유는 무엇일까? 여름에 태양의 고도가 높아 강한 태양빛을 받기 때문. 태양에서 오는 빛은 가시광선, 적외선, 자외선 그리고 그 외에 다양한 파장으로 이루어져 있는데, 그 중 적외선 때문에 따갑게 느껴지는 것이다. 적외선은 우리 눈에는 안 보이지만 피부에 닿으면 뜨겁게 느껴진다. 백열전구의 빛이나 난로가 따뜻하게 느껴지는 이유도 적외선 때문이다.

박사의 출국 시간을 확인하기 위해서였다.

"그런 분 출국한 적 없는데요. 오늘 출국한 게 맞나요?"

출입국 관리소 직원의 말은 의외였다.

"확실한가요?"

"네, 없습니다."

노빈손은 의아했다.

"어떻게 된 거야?"

잠자코 있던 쿨쿨천사가 궁금증을 참지 못하고 물었다.

"현재로서는 둘 중의 하나야. 위조 여권으로 출국했거나, 아직 출국하지 않았거나."

"그럼 필립 박사님이 살인을 했다는 거야?"

"글쎄…… 지금까지 드러난 정황으로 보면 필립 박사가 가장 유력한 살인 용의자인데……."

노빈손이 팔짱을 끼고 천천히 턱을 어루만졌다.

쿨쿨천사는 그의 모습이 낯설게 느껴졌다. 평상시 조금 바보 같은 익살스러운 표정은 어디에서도 찾아볼 수 없었다.

다음날 점심 무렵 미스터리 과학연구소로 이상한 편지가 한 통 날아왔다. 뜯어보니 내용은 없고 김포 발 사천 행 비행기 표 두 장이 들어 있었다. 탑승일자와 시간은 다음날 아침 아홉 시였다.

"이게 뭘 의미하는 걸까?"

"글쎄? 안개는 시간이 지나면 저절로 걷히는 거 아닐까? 곧 알게 되겠지."

노빈손은 어깨를 한 번 으쓱거리고는 MP3로 음악을 들으며 추리 소설을 읽기 시작했다.

쿨쿨천사는 창가에서 하늘을 올려다보았다. 하늘은 맑고 푸르렀다. 고속도로를 타고 집으로 오는 도중에 감쪽같이 사라져 버린 아버지의 자상한 얼굴이 아른거렸다. 어디에 있는지만 안다면 한걸음에 달려갈 텐데 행방을 알 수 없어 얼마나 많은 날들을 눈물로 보냈는지.

아버지는 물리학자였지만 지질학, 천문학, 해양학, 화학, 생물학, 유전공학, 곤충학, 양자물리학, 생체환경학 등에도 깊은 관심을 갖고 있었다. 과학의 세계는 알면 알수록 신비롭다고 했다.

얼마나 깊은 잠에 들었던 걸까. 누군가가 어깨를 흔들었다. 눈을 뜨니 주변에는 짙은 어둠이 깔려 있었다.

"여기가 어디야?"

쿨쿨천사는 입가로 흘러내리는 침을 닦으며 물었다. 잠에서 채 깨어나지 않은 건지 머릿속이 몽롱했다.

"지구라는 섬."

노빈손이 웃지도 않고 말했다.

쿨쿨천사는 어둠 속에서 반짝이는 가로등을 바라보았다. 마치 외

눈박이 거인이 어둠 속에서 자신을 바라보고 있는 것만 같았다.

"지금, 몇 시야?"

"아홉 시."

"교수님에게서 전화 왔어?"

"아니. 대신, 새로운 메일이 왔어."

노빈손이 턱으로 컴퓨터를 가리켰다.

쿨쿨천사는 머리를 세차게 흔들고는 컴퓨터 앞에 앉았다. 노빈손이 마우스로 메일을 열었다.

© 존경하는 미스터리 과학연구소 소장님께 ©

제가 보낸 비행기 표는 받으셨는지요.

마침내 그들이 행동을 개시했습니다!

그들은 내일 자정에 고성 상족암에서 중생대로 들어갈 겁니다. 그들이 나타날 정확한 위치는 첨부한 파일에 들어 있습니다.

소장님께서는 내일 아침, 비행기를 타고 상족암으로 가십시오. 잠복해 있다가 그들이 나타나면 뒤를 따라가서 티라노의 알이 유입되는 걸 막아 주세요!

나쁜 사람들로부터 인류를 지켜야 합니다. 이 일을 할 분은 소장님밖에 없습니다. 부디 결단을 내려주십시오.

인류의 평화를 위해서!

마지막 문장에서 어떤 절박감이 느껴졌다. 진심으로 쓴 메일이었다.

"지도를 클릭해 봐!"

쿨쿨천사가 말하자 노빈손이 첨부 파일을 클릭했다. 화면 가득 지도가 떠올랐다. 왠지 모르게 지도가 낯익었다.

"확대해 봐!"

쿨쿨천사의 말에 노빈손이 지도를 키웠다.

"이 지도 어디선 본 것 같지 않아?"

"글쎄?"

노빈손이 고개를 갸웃거렸다.

"지명을 잘 살펴봐. 왕발 교수님이 공룡 발자국과 함께 사람 발자국을 발견했다는 바로 그 장소야!"

"어? 정말이네!"

노빈손이 그제서야 눈을 크게 뜨고 지도를 유심히 살폈다.

"비행기 표까지 보낸 걸로 봐서 장난은 아냐! 내일 고성으로 떠나야겠어."

"난 안 갈래. 쓸데없는 일로 시간 낭비하고 싶지 않아."

"빈손이는 수학 문제를 풀 때, 답을 내기까지의 과정을 낭비라고 생각해?"

"그건 아니지만 이건 시간 낭비가 확실해!"

"한 과학자가 우주선을 만들어 달을 탐험하겠다고 했을 때도 다들 그랬어. 시간 낭비라고!"

고성은 세계 3대 공룡 발자국 화석지

상족암은 경상남도 고성군에 있는 해안에 있는데, 이곳은 브라질, 캐나다와 더불어 세계 3대 공룡 발자국 화석지로 손꼽힌다. 1982년에 처음 발견됐다. 상족암에서 약 6km 바다 쪽까지의 지층에는 중생대 백악기에 한반도에 살았던 공룡과 새의 발자국이 3천 개 정도가 뚜렷하게 남아 있다. 당시 상족암 주변은 오늘날의 경상남북도, 일본 대마도와 본토까지 포함하는 거대한 호수가 있었다고 한다.

"어쨌든 난 안 갈 거야. 그 시간에 차라리 말숙이하고 놀이공원에 가서 놀래."

노빈손이 가방을 메고 미스터리 과학연구소 문을 열었다. 쿨쿨천사가 소리쳤다.

"내일 아침 여덟 시 반에 김포공항에서 만나!"

"안 나갈 거야, 죽어도!"

"이번 과학퀴즈대회에서 경품으로 받은 최신형 카메라폰 줄게. 말숙이 갖다 주면 엄청 좋아할 걸!"

"정말?"

노빈손이 귀가 솔깃한지 걸음을 멈췄다.

"내가 김밥도 싸 갈게. 빈손이가 좋아하는 소고기 김밥으로 사 인분, 아니 오 인분!"

"알았어. 천지가 개벽해도 꼭 나갈게. 조금 늦었다고 먼저 가기 없기다?"

노빈손이 어린아이처럼 눈을 반짝이며 물었다.

쿨쿨천사는 피식, 웃으며 고개를 끄덕였다.

거대한 소용돌이에 빨려 들어가다

김포에서 사천공항까지는 한 시간도 채 걸리지 않았다. 공항에서 택시를 타고 고성군 하이면 상족암으로 들어갔다. 날이 밝을 때 지도에 찍힌 정확한 위치를 확인해 두기 위해서였다.

지도상의 장소는 사방이 훤히 트인 벼랑 끝이어서 어렵지 않게 찾을 수 있었다. 쿨쿨천사는 매복할 장소를 미리 봐 두었다.

"아, 배고파! 밥 먹자!"

노빈손은 바다를 바라보는 척하며 말했다.

쿨쿨천사는 새벽같이 일어나서 정성스레 싸 온 김밥을 꺼냈다. 노빈손이 병아리를 발견한 솔개처럼 달려들었다.

"맛있겠다, 먹자!"

"난 됐어."

쿨쿨천사는 배가 고팠지만 사양했다. 김밥 오 인분을 싸 오겠다고 약속했지만 시간에 쫓기느라고 사 인분밖에 싸 오지 못했기 때문이었다.

"아, 참! 다이어트 한다고 그랬지?"

노빈손은 젓가락이 보이지 않을 정도로 빠르게 김밥을 먹기 시작했다.

'강적이다! 빈말이라도 한번 먹어 보라고 권하지도 않다니. 새벽

공룡인간은 새로운 종족일까?

일부 학자들은 만약 공룡이 멸종하지 않고 계속 진화를 했다면 인간처럼 발달된 문명을 가진 존재가 될 수 있었을지도 모른다는 생각을 했다. 그들은 인간에 가장 가까운 모습으로 진화할 수 있는 공룡을 트로오돈이라는 소형 육식 공룡으로 꼽는다. 트로오돈은 뇌와 몸무게의 비율이 1 대 1000이며 모든 공룡 중 조류나 포유류에 가장 가까웠다. 또한 타조에 버금가는 큰 눈은 앞으로 쏠려 있어 사물을 입체적으로 볼 수 있으며 앞발가락을 섬세하게 움직일 수 있다.

44

부터 김밥 싸느라 얼마나 고생했는데…….'

쿨쿨천사는 침을 꿀꺽 삼켰다. 얄미워서 눈물이 나려고 했다.

"야, 정말 김밥 맛있다! 말숙이가 싼 울트라겨자고춧가루치즈김밥과는 비교가 안 될 정도네."

김밥 사 인분을 먹어 치우는 데는 채 십 분도 걸리지 않았다. 그제야 정신이 드는지 노빈손이 살짝 트림을 하며 말했다.

"고성에 왔으니 공룡박물관을 봐야지!"

쿨쿨천사는 배가 고파서 대꾸할 기운도 없었다. 묵묵히 노빈손의 뒤를 따라서 공룡박물관으로 갔다.

2006년에 세계 공룡 엑스포가 열리는 박물관 외관은 공룡을 닮아 있었다.

처음에는 지구상에 저토록 커다란 몸집을 지닌 공룡이 존재했다는 사실이 실감나지 않았다. 마치 신화나 전설에 나오는 가상의 동물을 보는 것 같았다. 그러나 시간이 지나자 점점 현실감이 들었고 박물관을 나설 때에는 인간이 더없이 작게 느껴졌다.

밤이 깊기를 기다렸다가 노빈손과 쿨쿨천사는 미리 봐 둔 해안가로 갔다. 태풍이 다가오고 있는지 바람이 심하게 불고 파도가 높아졌다. 먹구름이 하늘을 시꺼멓게 뒤덮는가 싶더니 빗방울이 후두둑 떨어지기 시작했다.

"쿨쿨천사, 비 맞으면 감기 걸리니까 저 아래 들어가 있어!"

노빈손은 뒤편의 납작한 바위 밑을 턱으로 가리켰다.

"너는?"

"난 괜찮아. 여기서 누가 오나 봐야지."

빗방울이 점점 굵어졌다.

쿨쿨천사는 일단 바위 밑으로 들어갔다. 커다란 바위가 빗방울을 막아 주었다. 빗속에 노빈손만 혼자 남겨 놓고 와서 미안했다.

천둥 번개가 치면서 폭우가 한바탕 쏟아지는가 싶더니 잠시 후 거짓말처럼 비가 개었다. 먹구름이 빠른 속도로 밀려갔다. 보름달이 먹구름 속에서 말쑥한 얼굴을 내밀었다. 가만히 앉아 있으니 아니나다를까 졸음이 쏟아졌다.

얼마나 잤을까? 쿨쿨천사는 일어나 시계를 보았다. 어느새 자정이 넘어 있었다. 바위 밑에서 나와 빈손에게 다가갔다.

"우리 이제 그만……."

'돌아가자' 라고 이야기하려는데 노빈손이 쉿, 하면서 옷자락을 잡아끌었다. 쿨쿨천사는 얼떨결에 몸을 낮췄다.

배낭을 멘 두 사내가 다가오고 있었다. 유별난 교수 정도는 아니었

상처를 입히는 이빨을 가진 도마뱀 공룡, 트로오돈

트로오돈은 상처를 입히는 이빨을 가진 도마뱀이라는 뜻을 가진 육식 공룡이다. 몸 길이는 3m, 키는 70cm 정도. 몸무게는 약 50kg으로 추정되는 이 공룡은 뇌가 다른 공룡에 비해 상대적으로 컸다. 눈알의 크기도 커서 밤에도 쉽게 사냥할 수 있었고, 두 눈은 사람처럼 앞쪽을 향해 원근감을 느낄 수 있었다. 두 발로 걸을 수 있고 두 손이 자유로워 물체를 쉽게 잡을 수 있었는데, 이 때문에 지능이 높은 공룡으로 추정한다. 아마 공룡이 멸종하지 않았다면 트로오돈이 가장 빠르게 진화하여 영장류를 위협했을 것으로 추정하는 학자도 있다.

지만 상당히 큰 키였다. 둘 다 180센티미터는 족히 넘어 보였다.

그들은 성큼성큼 다가왔다. 비쩍 마른 사내가 장갑 낀 손을 얼굴로 가져가는가 싶더니 그대로 얼굴을 뜯어냈다. 그러자 사람이 아닌 공룡인간의 얼굴이 드러났다. 생김새가 마치 외계인과 흡사했다.

노빈손이 '악!' 하고 비명을 지르려는 순간, 쿨쿨천사가 입을 틀어막았다. 소리를 들었는지 공룡인간이 주변을 재빠르게 둘러보았다.

"저게 뭐지?"

"얼굴이, 날렵한 몸매로 작은 동물을 사냥했던 육식 공룡 트로오돈과 똑같아! 이게 어찌된 일이지?"

쿨쿨천사가 흥분된 목소리로 말했다.

금발의 중년 사내와 공룡 인간은 벼랑 끝으로 다가갔다. 금방이라도 바닷물 속으로 빠질 듯 위태로워 보였다. 그들은 주저하지 않고 허공으로 발을 내딛었고, 이내 시야에서 사라졌다.

"앗! 어떻게 된 거야?"

"저쪽에 다른 세계로 통하는 문이 있어!"

쿨쿨천사가 벌떡 일어나며 소리쳤다.

"가지 마! 우리가 본 것은 환상이야."

노빈손은 재빨리 쿨쿨천사의 팔을 붙잡았다.

"아냐. 아무래도 저기에 평행 우주가 있는 거 같지 않아?"

"평행 우주? 그건 또 뭐야?"

"평행 우주론은 아인슈타인의 상대성 이론이 발표된 뒤 과학자들 사이에서 많이 논의되고 있는 이론 중 하나야. 우리 우주 곁에는 수많은 우주가 공존하는데 어느 순간, 다른 우주로 가는 문이 열린다는 거야. 그 문을 지나가면 과거의 우주는 물론이고 미래의 우주로도 갈 수 있다는 거지."

"그건 어디까지나 이론이잖아?"

"이론인지 사실인지는 따라가 보면 알겠지!"

"쿨쿨천사, 우리가 본 것은 환상이야. 우리 그냥 돌아가자."

평행 우주론

우주가 한 개가 아니라 여러 개라는 생각에서 나온 우주론이다. 우리의 우주는 전체 우주의 부분집합에 불과하며, 우리가 살고 있는 우주 외에 또 다른 우주가 무한히 존재한다는 것. 평행 우주론은 최근 미항공우주국의 우주 전파 망원경을 통해 우주 곳곳에서 특수한 전자기파가 발견됨으로써 증명의 단서를 찾아가고 있다. 평행 우주론이 입증되면 아인슈타인의 인과율의 법칙에 어긋나지 않으면서 시간 여행을 할 수 있을 것으로 믿는 과학자들도 있다.

"아무 일도 없었던 듯 돌아서기에는 너무 늦었어! 신세계에 대한 호기심이 내 가슴속에서 용암처럼 들끓고 있어."

"쿨쿨천사, 제발……."

"돌아가려면 혼자 돌아가!"

쿨쿨천사가 팔을 빼내더니 성큼성큼 걸어갔다. 몇 발짝만 더 걸어가면 벼랑 끝이었다.

"위험해!"

"괜찮아. 떨어져 봤자 바닷물이야."

"난 절대 안 따라갈 거야! 절대로!"

"빈손이 마음대로 해!"

쿨쿨천사는 벼랑 끝으로 다가섰다.

발아래서 파도가 뒤척였다. 한순간, 바닷물 속으로 곤두박질 칠 수도 있다는 두려움이 밀려들었다. 쿨쿨천사는 두 눈을 감고 아버지의 얼굴을 떠올렸다. 무언가 엄청난 일이 벌어지고 있는 것이 틀림없었고 세계적인 물리학자인 자신의 아버지가 이 일과 무관하다고 단정할 수 없었다.

쿨쿨천사는 허공으로 발을 내딛었다. 추락하면 어떡하나 걱정했는데 몸이 어딘가로 쓰윽 빨려 들어갔다. 마치 거대한 소용돌이 속으로 빨려 들어가는 기분이었다.

살며시 눈을 떠보았다. 주변은 깜깜했다. 파도소리도 더 이상 들리지 않았다. 발자국 소리만 귀청을 울렸다. 그러나 그 소리는 점점 멀어져 가고 있었다.

"쿨쿨천사, 어디 있어?"

어둠 속에서 노빈손의 겁먹은 음성이 들려 왔다.

"여기야, 여기!"

"어디?"

쿨쿨천사는 배낭에서 플래시를 꺼냈다. 노빈손은 바로 등 뒤에 있었다.

"안 따라온다면서?"

"착각하지 마. 쿨쿨천사를 따라온 게 아니라 내 발로 내가 온 거니까."

노빈손은 무서워서 쿨쿨천사의 팔짱을 꼈다. 말숙이에게 들키면 사망이지만 지금은 그런 걸 따질 상황이 아니었다.

"플래시 줘 봐!"

노빈손은 플래시를 뺏어서 주변을 비춰 보았다.

인간의 손길이 전혀 닿지 않은 석회동굴 안이었다. 천장에는 고드름처럼 종유석이 매달려 있고, 석주도 곳곳에 보였다. 바닥에는 석순이 자라고 있어서 밟지 않으려면 조심해야 했다. 같은 석회 동굴인데도 전체적인 느낌이 울진의 성류굴과는 많이 달랐다.

모퉁이를 돌자 멀리 세 개의 불빛이 보였다.

"이제 어디로 가지?"

"그자들은 어디로 갔을까?"

노빈손이 되물었다.

종유석과 석주, 석순

석회암 동굴의 천장에 석회암의 용식(溶蝕)으로 생긴 고드름 모양의 석회주(石灰柱)를 종유석이라 한다. 돌로 된 기둥을 석주(石柱)라 하고 석순(石筍)은 석회암 동굴에서 흔히 볼 수 있는 죽순 모양의 암석을 말한다. 물에 녹은 석회암이 천장에서 떨어지면서 오랫동안 굳어서 된 것.

미스터리 과학연구소

"오른쪽!"

쿨쿨천사가 확신하듯이 말했다.

"근거는?"

"오른손잡이는 오른쪽 방향으로 도는 경향이 있어."

"그건 그자들이 이곳에 처음 왔다는 전제하에서나 가능한 추리야!"

노빈손은 어깨를 한 번 으쓱하고는 멀리서 비치는 불빛을 유심히 살폈다. 왼쪽 동굴에서 검은 형체가 스르르 빠져나가는 게 보였다.

"왼쪽이야!"

"맞았어!"

노빈손은 자신의 예측이 맞아서 기분이 좋았다.

왼쪽으로 방향을 잡았다. 동굴은 길고 음산했다. 천장에서 간간이 물방울이 떨어져 내렸다. 한기가 느껴졌다. 동굴 입구에 다다르니 눈처럼 하얀 것이 잔뜩 쌓여 있었다. 플래시를 비춰 보니 동물의 뼈였다. 뻥 뚫린 해골의 눈동자가 괴기스러웠다.

"무서워! 같이 가!"

노빈손은 쿨쿨천사의 팔을 꽉 붙들었다.

신기하게 생긴 공룡, 어떻게 분류할까?

과학자들은 공룡을 구분할 때 골반의 모양을 중요한 기준으로 삼지. 골반은 척추의 끝부분과 양쪽 다리를 잇는 뼈를 말하는데 척추동물의 생식기, 오줌보나 자궁 등을 보호하는 역할을 하는 곳이야. 또한 암컷과 수컷의 차이를 가장 뚜렷하게 나타내는 뼈이기도 하단다. 임신과 분만을 하는 암컷은 수컷에 비해 골반이 낮고 넓다는 특징이 있지. 골반의 위치와 모양에 따라 몸의 움직임이 달라지기도 하는 걸. 자, 이제 골반이 얼마나 중요한 뼈인지 알겠지?

화석발굴과 여러 가지 연구들로 복원된 공룡들은 골반의 특징에 따라 종류가 나뉘는데, 새의 골반과 비슷한 모양을 가진 조반류(鳥盤類)와 악어나 도마뱀의 골반과 비슷한 모양을 가진 용반류(龍盤類)로 분류하게 돼.

* 조반류

조반류 공룡은 아랫부분에 있는 좌골이 길고, 윗부분의 치골과 평행하게 되어 있어. 용반류 공룡보다 진보된 구조인 셈이지. 이들은 대부분 초식성이야. 앞니 쪽에는 부리처럼 생긴 뼈가 발달해 있고, 뒷니는 서로 붙어 있어서 나무나 풀을 뜯어 먹기에 적당하게 생겼어. 자기과시를 하기 위해 혹은 방어를 하기 위해, 먹이 습성과 움직임에 따라 특이한 모양으로 진화한 공룡들이 많지.

조반류는 몸의 특징에 따라 조각류, 검룡류, 각룡류, 곡룡류 등으로 나뉘기도 해.

물...

〈조각류〉
이구아노돈

오리주둥이

이빨이
수백개

대부분
두 발로
걸었다

조각류 입 모양이 오리주둥이처럼 생겼고 이빨의 수가 수백 개에 이른다. 육지나 물가에 살면서 대부분 두 발로 걸었으나 간혹 네 발을 사용하여 걷는 종류도 있었다. 대표적인 공룡 : 이구아노돈

검룡류 머리 뒷부분에서 등을 따라 꼬리까지 삼각형의 골판이 발달해 있으며, 꼬리에는 공격이나 방어용 무기로 사용했을 것으로 보이는 두 쌍의 골침이 박혀 있다. 육지에서 살면서 네 발로 움직였고 주로 쥐라기에 번성하였다. 대표적인 공룡 : 스테고사우루스

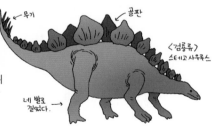

무기

골판

〈검룡류〉
스테고사우루스

네 발로
걸었다.

두개골이 목 뒤쪽으로
이어졌다

〈각룡류〉
트리케라톱스

머리에
뿔이
2~3개

네 발로
걸었다

각룡류 머리에 1~3개의 뿔이 달렸으며 두개골이 목 뒤쪽까지 이어진 것이 특징이다. 네 발로 걸었으며 공룡들이 활동한 시기 중에서 가장 늦은 시기인 백악기 후기에 나타났다.

대표적인 공룡 : 트리케라톱스

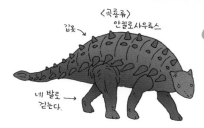

〈곡룡류〉
안킬로사우루스

갑옷

네 발로
걷는다.

곡룡류 사지가 짧고 등 부분이 딱딱한 골판으로 덮여 있어 마치 갑옷을 입은 듯한 형태가 특징이다. 육지에 살면서 네 발로 걸었다.

대표적인 공룡 : 안킬로사우루스

* 용반류

용반류 공룡은 어느 정도 제한적이지만 사물을 움켜쥘 수 있는 앞발을 가지고 있어. 먹이를 구할 때나 사냥할 때 등등 앞발 덕을 많이 봤겠지? 그 앞발은 몸무게를 지탱하기 위해 점점 더 커졌어. 이들은 골반을 이루는 세 개의 뼈가 뻥 뚫린 가운데 구멍을 중심으로 사방으로 뻗어 있고, 치골이 앞쪽으로 향해 있단다.

용반류는 두 다리로 걷는 수각류와 네 다리로 걸은 용각류로 나뉘는데 아주 유명한 공룡들이 용반류에 많더라구.

육식

고기

〈수각류〉
티라노사우루스

날카로운
이빨

강력한 발톱

초식

풀~

작은 머리

긴 목

〈용각류〉

커다란 몸통

수각류 날카로운 이빨과 강력한 발톱으로 무장한 육식 공룡.

대표적인 공룡 : 티라노사우루스

용각류 긴 목과 작은 머리, 커다란 몸통을 가진 초식 공룡.

대표적인 공룡 : 브라키오사우루스

반손

2억 2천만 년 전의 과거 속으로

 동굴을 벗어나자 햇살이 쏟아졌다.

발 아래로 광활한 고원과 평야가 펼쳐져 있었다. 드문드문 봉우리가 뭉툭한 산들이 보였고, 왼편은 푸른빛이 감도는 바다가 펼쳐져 있었다.

동굴은 벼랑 중간에 자리하고 있었다. 땅 밑으로 가려면 십여 미터가량 내려가야 했다. 주변을 살피다 보니 기둥에 묶여 있는 밧줄이 보였다. 방금 전 그 남자와 공룡인간이 내려갈 때 사용한 듯했다.

"잠깐!"

쿨쿨천사가 밧줄을 잡고 밑으로 내려가려 하자 노빈손이 만류했다.

"왜 그래? 여기까지 오니 겁이 나?"

"그게 아니고 일단 시간하고 방향부터 알아보자."

"시간은 알아서 뭐하게?"

"일단 오전인지 오후인지부터 알아야지. 밑으로 내려갔는데 해가 떨어지면 위험하잖아. 오후일 경우 여기서 하룻밤 자고, 오전이면 내려가자."

"그럼 방향은?"

"방향을 알아야 다시 동굴로 되돌아오지!"

노빈손의 말이 맞았다. 무작정 밑으로 내려가는 것보다 몇 시경인지 알아본 다음, 어느 쪽 방향으로 갈 것인지를 결정하는 게 현명했다.

"좋아! 그럼 난 그자들이 어느 쪽으로 갔나 살펴볼 테니까 방향과 시간을 알아봐. 그 정도는 할 수 있지?"

"물론이지! 천하의 노빈손을 뭘로 보고……."

쿨쿨천사가 망원경을 들고 벼랑 위로 올라갔다.

노빈손은 주변의 돌맹이를 이용해서 지팡이를 반듯하게 세웠다. 시간에 따라 그림자가 움직이는 방향을 관찰하였고, 그림자의 길이로 방향을 얼추 짐작해 낼 수 있었다.

시간은 오전 열한 시 정도였다. 손목시계를 조정해서 시간을 맞췄다.

관찰 시간이 길지 않아서 정확히는 알 수 없었지만 오른편이 동쪽이었고, 왼편이 서쪽이었다.

노빈손은 벼랑 위로 올라갔다. 쿨쿨천사가 망원경으로 한쪽을 유심히 살피고 있었다.

"그들을 찾았어?"

"아니! 그 대신 놀라운 사실을 발견했어."

"뭔데?"

"해안선 쪽을 살펴봐."

쿨쿨천사가 망원경을 넘겨주었다. 노빈손은 애꾸눈 선장처럼 잔뜩 폼을 잡고 망원경에 담긴 해안선을 보았으나 특별한 것은 보이지 않았다.

"해안선 오른편의 소철 숲을 봐! 아래쪽 소철은 어린데 위쪽 소철

무서운 쓰나미

쓰나미란 '지진 해일'을 뜻하는 일본말. 지진 해일은 바다 밑에서 지진이 일어날 때 생기는 파장이 긴 해일이다. 2004년 동남아시아를 덮친 대형 쓰나미도 진도 9 규모의 대형 해저 지진 때문에 일어났다. 인도네시아 수마트라 섬 남쪽 250㎞ 바다 밑에서 발생했는데, 20세기 이후 네번째로 강력한 지진이었다. 근처 작은 섬들을 20m 가량 이동시키고 약 30만 명이 목숨을 잃었을 정도였으니 엄청난 위력이지?

은 나이가 들어 보이지?"

유심히 보니 정말로 그랬다. 해안선에 가까운 소철은 연녹색을 띠고 있었고, 뒤쪽의 소철은 색깔이 바랜 녹색이었다. 해안선을 따라서 소철 숲 사이로 경계선이 길게 그어져 있었다.

"어떻게 저럴 수 있지? 인위적으로 종류가 다른 소철을 심은 것도 아닐 테고……."

"저건 지진 해일, 즉 쓰나미가 해안을 덮쳤다는 증거야."

"쓰나미라면 얼마 전에 동남아시아 지진 때 수많은 사람을 죽게 만든 그 해일?"

노빈손은 언뜻 이해가 되지 않았다. 방송에서 듣기로는 쓰나미의 높이는 대략 10미터 내외라고 했다. 그런데 소철 숲의 경계선은 해안에서 200미터도 넘는 곳에 있었다.

"저렇게 큰 쓰나미가 생기려면 진도 몇의 지진이 일어나야 하는 거야?"

"저건 인도네시아의 지진 해일과는 원인이 틀려. 그때는 바다 밑에서 지진이 일어나 발생한 거고, 저건 섬이 무너지며 발생한 거야."

"섬이 무너져?"

"그래! 섬도 오랜 세월이 흐르다 보면 바닷물의 침식을 받거든. 한쪽이 심하게 침식되면 어느 날 갑자기 무너져 내리는 거야. 실제로 중생대에 백두산 높이의 섬이 한순간에 무너져 내린 적도 있었대. 그 해일의 위력이 어느 정도겠어?"

노빈손은 육삼 빌딩보다 높은 해일이 뭍으로 밀려드는 상상을 하다가 머리를 흔들었다. 끔찍한 재앙이었다.

"발생한 지 얼마나 된 것 같아?"

"한 이삼 십 년?"

"다행이네. 우리가 왔을 때 발생하지 않아서."

"근데 시간하고 방향은 알아냈어?"

"응! 열한 시 십 분쯤이고, 앞쪽이 북쪽이야."

"아직 해가 지려면 멀었네?"

"그래! 하지만 점심시간은 멀지 않았어!"

노빈손은 입맛을 다셨다.

밧줄을 타고 동굴 밑으로 내려갔다. 날은 덥고 건조했다. 하늘에는 구름 한 점 없었다.

"도대체 그 남자와 공룡인간은 어디로 간 걸까?"

노빈손이 사방을 둘러보며 물었다.

"아무래도 가까운 숲으로 들어간 것 같아. 그렇지 않고서야 내가 발견하지 못했을 리 없어."

노빈손은 소철나무 숲을 향해 앞장서서 걸어갔다. 한동안 잠자코 뒤따라오던 쿨쿨천사가 갑자기 비명을 질렀다.

"아악!"

"왜 그래?"

깜짝 놀란 노빈손이 걸음을 멈추고 돌아보았다.

"얄미운 자외선! 얼굴에 기미나 주근깨라도 생기면 어떡해."

쿨쿨천사가 울상을 짓더니 배낭에서 선캡을 꺼내 썼다.

"쯧쯧! 별것도 아닌 거 갖고 호들갑은……."

안 어울리게 기미나 주근깨를 걱정하다니. 어쩌면 쿨쿨천사의 천성은 여린데 아버지를 찾기 위해서 강한 척하는 건지도 모른다는 생각이 들었다.

가도 가도 평원이었다. 벼랑 위에서 망원경으로 보았던 소철 숲까지는 예상보다 훨씬 멀었다.

"기후나 지형으로 봐서는 트라이아스기 중기 같아."

주변 경관을 유심히 살피며 쿨쿨천사가 말했다.

"그럼 우리가 2억 2천만 년 전의 과거로 들어왔다는 거야?"

"그래! 지금 우리가 걷고 있는 대륙은 유일한 대륙인 판게아이고, 아까 우리가 보았던 바다는 유일한 바다인 판탈라사해야."

"말도 안 돼!"

노빈손은 아직도 중생대로 들어왔다는 사실을 인정할 수 없었다. 가다 보면 등산객을 만날 것만 같았다.

걷다 보니 나지막한 구릉 위로 고사리처럼 생긴 양치류와 석송으로 이루어진 두터운 땅이 펼쳐졌다. 지네와 노래기가 기어 다녔고, 하늘에는 실잠자리와 풀잠자리가 날아다녔다.

"와, 왕잠자리다! 날개 길이만 20센티미터가 넘을 것 같아!"

"저 정도는 아무것도 아냐. 고생대 페름기 대멸종 때 사라진 메가네우라는 잠자리는 날개 길이만 60센티미터에 달했어!"

쿨쿨천사가 팔을 벌리며 말했다.

"웬만한 새보다도 더 컸겠네?"

"그래."

"아무래도 메가네우는 멸종되길 잘한 거 같아."

노빈손은 잠깐 생각해 보다가 말했다.

고생대 페름기 대멸종

지구상에 동물이 출현한 이래 생물이 크게 멸종한 것은 최소한 11차례이다. 그 가운데 가장 큰 멸종이 있었던 5차례를 '대멸종'이라고 부르며 이중 페름기, 트라이아스기의 대멸종은 해양 동물 종의 96%가 멸종되는 등 가장 큰 규모이다. 고생물학자들은 대멸종의 원인에 대해서 오랫동안 논의해왔는데 소행성, 화산폭발, 기후변화, 해수면의 변화 등을 꼽고 있다.

지구에서 가장 큰 곤충

메가네우는 지구 역사상 가장 컸던 곤충이다. 메가네우는 고생대 말에서 중생대 초에 생존했던 거대한 잠자리 모양을 한 곤충으로 날개를 펼치면 그 길이가 60cm에 이르렀다. 북아메리카나 영국에서 화석으로 발견되었다.

62

"아니, 왜?"

"어린 아이들이 즐거운 여름방학에 잠자리채를 들고 메가네우를 잡으러 다닌다고 생각해 봐. 그건 곤충 채집이 아니라 공포 체험이야!"

쿨쿨천사는 황당한 눈으로 잠시 노빈손을 바라봤다.

숲으로 들어서자 갑자기 노빈손의 발걸음이 빨라졌다.

"왜? 뭐라도 발견했어?"

"쿨쿨천사의 추측이 맞았어. 그들은 숲으로 들어왔어."

"그걸 어떻게 알아?"

"저 나뭇가지를 봐. 꺾여 있지?"

쿨쿨천사는 노빈손이 가리킨 곳을 보았다. 정말로 소철 나무 가지가 부러져 있었다.

"그들이 동굴로 돌아가는 길을 잃을까 봐 나뭇가지를 부러뜨려 지나온 길을 표시해 둔 거야. 저기도 부러져 있네!"

아닌 게 아니라 십여 미터마다 부러진 나뭇가지가 보였다. 높이가 일정한 걸로 봐서는 누군가 고의적으로 부러뜨린 게 분명했다. 덜렁대는 줄만 알았더니 대단한 관찰력이었다.

숲으로 들어온 지 십 분쯤 지났을까. 쥐처럼 생긴 공룡이 쪼르르 달려왔다. 날렵한 몸매를 지닌 또 다른 공룡이 숲에서 뛰어나오더니 몸을 던져 쥐 비슷한 공룡을 앞발로 낚아챘다.

"저건 뭐야?"

노빈손이 걸음을 멈추고 물었다.

"오, 맙소사! 코엘로피시스야."

쿨쿨천사는 눈으로 직접 공룡을 보다니 믿을 수 없었다. 비로소 2억 2천만 년 전의 과거로 들어왔다는 사실이 실감났다.

"그건 나도 알아. 근데 저건 생쥐야?"

"코엘로피시스가 사냥한 건 모르가누코돈이야. 쉽게 말하자면 빈손이의 부모님 같은 분이지."

"내 부모 같은 분이라고? 도대체 무슨 말을 하는 거니? 내가 저 쥐처럼 생겼다는 거야?"

노빈손이 화를 버럭 냈다. 그는 화를 내면 두 귀가 나팔꽃처럼 빨갛게 변해서 쉽게 눈치챌 수 있었다.

"그게 아니고, 모르가누코돈이 포유류의 조상이란 거야."

"아하, 포유류의 조상! 그럼 쿨쿨천사에게도 부모님 같은 분이네?"

노빈손이 장난기 가득한 눈길로 물었다. 왠지 불길했다. 쿨쿨천사는 인정하고 싶지 않았지만 인정하지 않을 수도 없었다.

"그런 셈이지."

죽은 고기를 먹는 공룡

코엘로피시스는 중생대 초기의 작은 육식 공룡으로 주로 혼자 활동을 했다. 죽은 고기를 먹으며 때로는 동족을 잡아 먹기도 했다. 길이는 꼬리까지 3m에 이르지만 키는 약 1m였고, 몸무게는 약 40kg 정도.

최초의 포유류 모르가누코돈

중생대 트라이아스기에 최초의 포유류가 지구에 등장했다. 이들 포유류의 조상들은 주머니쥐나 뾰족뒤쥐와 비슷한 외모를 가졌는데 10cm도 되지 않는 작은 크기였다. 이들은 주로 곤충을 잡아먹고 살았던 것으로 추정된다.

64

코엘로피시스가 머리부터 먹을 셈인지 앞발을 입으로 가져갔다. 순간, 허공에서 노빈손과 모르가누코돈의 눈길이 부딪쳤다. 검은 눈동자를 깜빡이며 모르가누코돈이 바라보았다. 마치 살려달라고 애원하는 듯했다.

"팔이 안으로 굽기 때문일까, 나의 천성이 착하기 때문일까? 포유류의 조상이 죽는 광경을 지켜보고 있으려니까 마음이 아프구나!"

노빈손은 주머니에서 새총을 꺼냈다. 발 밑의 돌멩이를 집어서 겨냥을 했다. 모르가누코돈이 날카로운 이빨에 찢기려는 순간, 고무줄을 팽팽하게 당기고 있던 손을 놓았다. 돌멩이가 허공을 가르고 날아갔고 코엘로피시스의 뒤통수를 때렸다.

카악!

코엘로피시스가 날카로운 비명을 질렀다. 그 바람에 모르가누코돈이 땅에 떨어졌다. 한동안 제정신을 못 차리던 코엘로피시스가 돌아서서 노려보았다.

"자식! 네가 째려보면 어쩔 거야?"

노빈손이 배낭을 내려놓았다.

"빈손아, 어떡하려고?"

"저런 놈은 혼을 내 줘야 해. 감히 쿨쿨천사의 부모님 같은 분을 해치려 하다니."

화가 난 코엘로피시스가 달려들었다.

노빈손이 살짝 피하며 옆차기로 코엘로피시스를 내질렀지만 균형을 잃고 휘청거렸다. 코엘로피시스는 민첩한 동작으로 빈손을 덮쳤다. 마침 휘청거리며 내지른 발이 얼떨결에 코엘로피시스의 얼굴을 내리쳤다. 코엘로피시스가 짧은 괴성을 지르며 나자빠졌다.

"이것이 바로 대한민국 태권도라는 거야!"

코엘로피시스가 앞발을 치켜들고 다시 달려들었다. 화가 났는지 아까와는 달리 빠르고 거칠었다.

위기였다! 노빈손은 가까스로 옆으로 피하면서 방귀를 뀌었다. 목표물을 놓치고 돌아서려던 코엘로피시스가 제대로 냄새를 맡았는지 비틀거렸다. 쓰러질 듯 뒷걸음질치다가 몸을 돌려 숲으로 달아났다.

"자식! 별 것도 아닌 놈이 까불고 있어."

노빈손이 땅에 내려놓은 배낭을 메며 쿨쿨천사의 눈치를 살폈다. 다행히도 눈치채지 못한 듯했다.

'휴우! 괜한 허세 부리다가 큰 코 다칠 뻔했네!'

노빈손은 몰래 한숨을 내쉬었다.

숲에서 모르가누코돈이 쪼르르 달려 나왔다. 폴짝거리며 계속해서 괴성을 질러댔다.

"목숨을 구해 줘서 고맙다고 인사하나 봐."

"이럴 때는 뭐라고 해야 하는 거야? 포유류의 조상인데 반말로 됐다고 할 수도 없고, 그렇다고 존댓말을 쓰자니 어색하고……."

한동안 고개를 갸웃거리던 노빈손이 허리를 낮추며 말했다.

"됐은게, 가보더라고!"

노빈손의 말을 알아들은 걸까. 모르가누코돈이 주변을 한 바퀴 쪼르르 돌고는 숲으로 사라졌다.

다시 부러진 나뭇가지를 찾아서 걸어가고 있는데 등 뒤에서 괴성이 들려 왔다. 여러 마리의 코엘로피시스가 달려오고 있었다.

"이놈의 자식들이 하라는 공부는 안 하고 떼로 몰려다니네!"

"어떡해, 빈손아?"

"어떡하긴. 삼십육계 줄행랑이지!"

"같이 가, 빈손아!"

노빈손은 쿨쿨천사와 함께 달아났다.

끈질기게 계속되던 코엘로피

시스의 추격을 겨우 따돌리고 기진맥진해서 걷
다 보니 폭포가 나왔다. 백여 미터 높이의 거대
한 폭포였다. 폭포수가 요란한 소리를 내며 떨
어졌다.

주변 경관이 일대 장관이었다. 그랜드 캐니
언에 들어선 듯했다. 오랜 세월에 걸쳐 쌓인 지
층이 물에 의해 깎여 나간 흔적이 벽면에 고스
란히 드러나 있었다. 층마다 색깔이 달라 세월에
묻혀 버린 지각 변동을 짐작게 했다.

"빈손아, 우리 여기서 쉬었다 가자."

쿨쿨천사가 신발을 벗고 계곡물에 발을 담갔
다. 노빈손도 신발을 벗으려는데 쿨쿨천사가 배
를 문지르며 말했다.

"그나저나 배고파 죽겠다. 가서 은행이라도
좀 따올래?"

"좋아! 은행에 심부름 가기는 싫지만 은행 따오는 거라면 기꺼이
갔다 오지."

노빈손은 은행나무로 다가갔다. 현대의 나무들과 달리 은행나무는
키가 무척 컸다. 초식 공룡이 잎을 따먹으니 살아남기 위해서 점점 커
진 것 같았다. 올라가려니 엄두가 나지 않았다.

거대한 계곡 그랜드캐니언

미국의 애리조나주 북부에
있는 거대한 협곡으로 길이
는 약 350km, 너비는 6~
30km, 깊이는 약 1,600m
에 이른다. 콜로라도 강이 콜
로라도 고원을 가로질러 흐
르는 곳에 형성되었고, 수많
은 단구가 계단 모양으로 형
성되어 있다. 계곡 벽에는 약
7억 년 동안에 형성된 지층
이 시루떡처럼 쌓여 있는 것
을 볼 수 있다. 1919년 국립
공원으로 지정된 이후, '자
연을 자연 그대로 관리한다'
는 취지에 맞게 잘 보존되어
있으며 미국 국립 공원 중에
서 관광객이 가장 많은 것으
로 유명하다.

살아 있는 화석, 은행나무

현재 지구상에 살아 있는 은행나무는 모두 단일종이다. 아시아 대륙에서만 살아남은 은행나무는 대부분 그 원산지가 중국이다. 성장 속도가 느려 수명이 천 년 이상인 것이 많고, 중국 플라이 산의 은행나무는 수령이 3천 년 이상이라고 하여 왕나무라고 부른다. 이처럼 오랜 세월 명맥을 유지하여 지금까지 살아 있는 화석으로 불리는 것에는 상어, 바퀴벌레, 앵무조개 등이 있다.

플라테오사우루스

가장 널리 알려진 용각류(목이 긴 공룡 무리)로 최초의 거대 초식 공룡이다. 무리를 지어 생활한 것으로 추정되며 몸집이 커서 다양한 초목을 먹이로 삼았을 것이다. 독일과 프랑스 등지에서 화석이 발견되고 있고, 몸의 길이는 9m이며 무게는 약 4톤에 이른다.

68

"무슨 좋은 방법이 없을까?"

주변을 두리번거리는데 가까운 곳에서 쿵쿵거리는 발자국 소리가 났다. 소리가 나는 쪽으로 가 보니 거대한 몸집의 플라테오사우루스가 뒷발로 서서 앞발을 나무에 기댄 채 은행잎을 뜯어먹고 있었다. 그 바람에 은행이 우수수 떨어졌다.

"초식 공룡이라면 안심해도 되지."

노빈손이 가까이 가자 플라테오사우루스가 힐끗 돌아보았다.

"하이, 방가방가!"

노빈손은 손을 흔들며 미소를 지었다. 플라테오사우루스는 신기한 동물을 보듯이 한참 바라보았다. 그러나 이내 흥미를 잃었는지 은행잎을 다시 뜯어먹기 시작했다.

은행에서 특유의 냄새가 났다. 노빈손은 신발로 껍질을 벗겨내고 은행을 꺼냈다. 삼십 분쯤 주우니 제법 은행을 모을 수 있었다. 손수건에 가득 은행을 담아서 쿨쿨천사에게로 갔다. 아니나다를까 쿨쿨천사는 계곡물에 발을 담근 채 모로 쓰러져 잠이 들어 있었다.

"일어나! 은행 구워 먹으러 가자."

"어디로? 그냥 여기서 구워 먹자……."

쿨쿨천사가 하품을 하며 말했다.

"공룡 밥이 되고 싶어? 여기서 은행을 구우면 냄새를 맡고 수많은 공룡들이 몰려올 거야."

"아, 그렇지! 산꼭대기로 가서 구워 먹으면 안전할 거야."

쿨쿨천사가 벌떡 일어나서 배낭을 멨다.

다행히도 산 정상까지는 그리 오래 걸리지 않았다. 버너를 꺼내 불을 붙이고, 코펠 뚜껑에다 은행 알을 올려놓았다. 시간이 지나자 은행 알이 팝콘처럼 튀어 올랐다.

"먹자!"

은행 알이 벌어지기 무섭게 노빈손이 말했다.

"잠깐!"

쿨쿨천사가 재빨리 노빈손의 다음 행동을 저지했다.

점잖은 척하다가는 노빈손이 다 먹어 치워 버릴 게 뻔했다. 쿨쿨천사는 재빨리 코펠 손잡이를 쥐고는 은행을 반 남짓 자신의 앞에다 쏟았다. 뭐라고 한마디 할 줄 알았는데 노빈손은 빙긋 웃기만 했다.

허기가 진 때문일까. 은행 맛이 기가 막혔다. 입 안에서 사르르 녹았다.

열심히 먹고 있는데 모르가누코돈이 조심스럽게 다가왔다. 자세히 보니 아까 목숨을 구해 주었던 바로 그 놈이었다.

산 정상에서 은행 알을 굽는 이유

은행 알을 구우면 냄새가 대류 현상과 확산에 의해 널리 퍼져나간다. 그러나 산 정상에서 은행 알을 구우면 불에 의해 따뜻하게 데워진 공기와 함께 냄새도 위로 올라간다. 이렇게 되면 평지에 있는 육식 동물이나 공룡들의 후각을 자극하지 않아 안전하다.

소화용 돌멩이

거대한 초식 공룡들은 몸을 유지하기 위해 엄청난 양의 초목을 먹었다. 위에서는 거칠고 많은 양의 초목을 소화시키기 위해서 특별한 수단이 있어야 했는데 그 역할을 한 것이 돌멩이였다. 초식 공룡들은 먹이와 함께 돌을 삼켜 돌들이 위 안에서 초목을 분쇄하는 역할을 했다. 이렇게 공룡의 위에서 사용된 돌들을 위석이라고 한다.

"이것 참! 쿨쿨천사의 부모님 같은 분이 지켜보고 있는데 모른 체할 수도 없고…….''

노빈손이 은행 알을 입으로 가져가려다 말고 중얼거렸다.

'쿨쿨천사의 부모님 같은 분'이라는 표현이 귀에 거슬렸지만 쿨쿨천사는 잠자코 있었다. 자신이 자초한 일이었다.

"배고픈가벼?"

노빈손이 허리를 낮추고 물었다. 모르가누코돈이 알아듣기라도 한 듯 고개를 끄덕였다.

"한 알 먹어보더라고."

노빈손이 이로 은행 껍질을 깬 뒤 알맹이를 내밀었다. 모르가누코돈이 쪼르르 달려와서 손에 올려놓은 은행 알을 물어갔다.

"내참…… 어떻게 된 어르신이 사양할 줄 모르네."

쿨쿨천사는 터져 나오려는 웃음을 참으며 다시 은행 껍질을 깨려고 이 사이에 넣고 씹는데 좀처럼 깨지지 않고 어금니만 아팠다. 손에 뱉어 보니 은행 알이 아니고 반들반들한 돌멩이였다.

"빈손아, 이게 뭐야?"

"위석이네. 초식 공룡의 소화를 돕는 거야."

"나도 알아. 내 말은 왜 위석을 주워 왔느냐고? 날 골탕 먹이려고 그랬지?"

"그게 아니고……."

"아니긴 뭐가 아냐!"

쿨쿨천사는 힘껏 위석을 던졌다. 겁만 주려고 했는데 공교롭게도 노빈손의 이마 한가운데 정통으로 맞았다.

"아야!"

"앗, 빈손아, 미안……."

깜짝 놀란 쿨쿨천사가 재빨리 사과했다. 노빈손은 이마의 혹을 어루만지며 금방이라도 울 것 같은 표정을 지었다.

썰렁한 분위기를 대충 얼버무리며 두 사람은 불을 끄고 산을 내려왔다. 숲 한가운데 고사리류가 땅을 거의 뒤덮다시피한 광활한 초원지대가 펼쳐졌다. 커다란 잠자리들이 유유히 허공을 날아다녔다.

"와아! 경치 정말 아름답다!"

노빈손의 말이 떨어지기 무섭게 익룡이 쏜살같이 날아들었다. 잠자리를 부리로 삼킨 익룡이 하늘로 솟구쳤다.

"엄마야! 간 떨어지는 줄 알았네!"

"이곳에서 섣부른 낭만은 금물이야. 겉으로는 평화로워 보이지만 살아남기 위한 치열한 생존 경쟁이 벌어지고 있어. 판게아 대륙뿐만 아니라 바다인 판탈라스도 예외가 아닐걸."

"같이 먹고 살면 좋을 텐데…… 너 한 입, 나 한 입!"

"트라이아스기 말기로 갈수록 건조한 기후가 확산되면서 먹이가

최초로 비행에 성공한 익룡

하늘을 나는 파충류인 익룡은 하늘을 나는 데 처음으로 성공한 척추동물이다. 익룡은 분류상 공룡에는 포함되지 않지만 공룡과 같은 조상을 가지고 있다. 크기는 참새만한 것에서부터 날개 나비가 10m 이상 되는 것까지 다양하다. 대부분의 익룡은 얕은 바다 위를 날면서 주로 물고기나 오징어 등을 잡아먹었다.

줄어들게 돼. 살아남기 위해서는 치열한 경쟁에서 이겨야만 하지. 남을 돌아볼 한 치의 여유도 없는 거야."

"결국 생존 경쟁에서 포유류가 패하는 거구나."

"그래. 그래서 파충류인 공룡이 지배하는 세상이 오는 거야."

걷다 보니 맞은편 숲에서 괴성이 들려 왔다. 고통에 못 이겨 울부짖는 처절한 비명이었다.

"뭐지?"

"육식 공룡 같아. 가 보자!"

쿨쿨천사가 달리기 시작했다. 노빈손은 겁이 났지만 뒤를 따르지 않을 수 없었다.

새로운 종족 공룡인간

숲에 들어서자 제일 먼저 눈에 띈 것은 헤레라사우루스였다. 깡패 공룡으로 불리는 헤레라사우루스는 육식 공룡으로 트라이아스기에서는 무적이었다. 그런데 창을 든 한 무리의 패거리에 둘러싸여서 일방적으로 당하고 있었다. 그들은 모두 아프리카 토인들처럼 나뭇잎으로 만든 옷을 입고 있었다.

"저것들은 또 뭐야? 인간도 아니고, 공룡도 아니고?"

노빈손은 눈앞의 광경
을 이해할 수 없었다.

"공룡인간이잖아. 왼쪽의 무리
는 새벽의 사냥꾼이라는 에오랍토르를
닮았고, 오른쪽의 무리는 코엘로피시스를 닮지 않았니?"

공룡인간은 놀랍게도 영어로 의사소통을 했다. 그들은 탈출구를
봉쇄한 다음 화살을 쏘거나 창을 던져서 헤레라사우루스를 공격했다.
지능적이면서 집요한 공격이었다. 헤레라사우루스는 제대로 힘 한번
써 보지 못하고 쓰러졌다.

그들은 숲에서 수레를 가져 와서 헤레라사우루스의 시체를 실었
다. 수레는 손잡이도 나무였고 바퀴도 나무였다.

밧줄로 헤레라사우루스의 시신을 수레에 묶은 뒤 그들은 수레를
끌고 유유히 사라졌다. 다 함께 노래를 부르면서.

헤레라사우루스

헤레라사우루스는 이 공룡을
발견한 빅토리노 헤레라의
이름을 따서 지어졌다. 트라
이아스기에 생존했던 이 공
룡은 큰 턱을 가지고 있어 먹
잇감을 통째로 삼켰으며 뒷
다리로 곧게 설 수 있었다.
키 3m, 무게 75kg 정도. 턱
아래에는 낫같이 날카로운
이빨을 가지고 있으며 등골
뼈를 따라 갑상 연골이 줄지
어 있었던 것으로 추정되고
있다.

새벽의 사냥꾼, 에오랍토르

트라이아스기에 살았던 가장
원시적인 육식 공룡. 이 공룡
은 발견된 공룡 화석 중에서
가장 오래 된 것으로 알려져
있는데, 공룡 시대의 새벽에
해당하는 초기에 살았다고
해서 에오랍토르라는 이름이
붙여졌다. 앞다리는 짧았고
달릴 때는 긴 뒷다리로 뛰었
을 것으로 추정한다. 두개골
의 너비가 12cm 정도밖에
되지 않아 크기는 작았을 것
으로 생각된다.

지구는 신인류인 우리의 것이라네.

추악한 인간들아 기다려라, 공룡인간이 간다.

인간의 손에서 병들어 가는 지구를 구하기 위해.

잃어버린 대자연을 되찾기 위해.

"어떻게 저런 일이? 아까 본 그 공룡인간은
빙산의 일각이었구나."

노빈손이 입을 떠억 벌렸다.

"공룡도 인간도 아닌 새로운 종족. 상당한 지
능을 지닌……."

"그런데 어떻게 저들이 영어를 할 줄 알지?"

"미래에서 온 누군가 가르쳤겠지."

"공룡인간이 존재한다는 건 공룡보다 한 발
앞서 인간이 살았다는 걸 의미하는 게 아닐까?"

"그럴 가능성도 있지만 단정 지을 수는 없어.
처음에 본 그들의 뒤를 따라가 보면 수수께끼를
풀 수 있을 거 같아."

걷다 보니 노을이 졌다. 내일은 비가 오려는
지 서쪽 하늘이 유난히 붉었다.

꺾어진 나뭇가지를 따라서 가다 보니 숲이 끝
나고 넓은 강이 나왔다.

"와아! 물 한번 깨끗하다! 잠깐 땀 좀 식히고

가자."

노빈손은 신발을 벗고 강물로 뛰어들었다.

강은 얕았다. 갈색을 띤 못생긴 물고기 몇 마리가 노닐고 있다. 빨간 빛깔의 가재도 보였다.

"이게 무슨 고기야? 와아, 되게 못생겼네!"

"그건 폐어야. 고생대 말기부터 중생대에 걸쳐 전 세계적으로 번성했던 고기 있잖아."

"우리 시대에도 생존하고 있어서 '살아 있는 화석' 이라고 불리는 폐어가 바로 얘란 말이야?"

노빈손은 신기했다. 책에서 그림으로만 보았던 폐어를 직접 눈으로 보다니.

"오늘 저녁은 이놈들로 해결하자."

노빈손이 긴 나뭇가지를 주워 와서 작살을 만들기 시작했다. 배낭에서 쇠꼬챙이를 꺼내 고무 밴드로 친친 동여매니 훌륭한 창이 되었다.

"내가 잡아볼게."

재미있을 것 같아서 쿨쿨천사가 말했다.

"할 수 있겠어?"

노빈손이 작살을 건네주며 물었다.

"날 도대체 뭘로 보는 거야? 어렸을 때 별명이 작살소녀였다고!"

쿨쿨천사는 뜨끔하게 쏘아주고는 작살을 들고 강으로 들어갔다.

발아래 폐어가 유유히 헤엄쳐 다녔다. 눈을 부릅뜨고 노려보다가

허파로 숨을 쉬는 물고기

폐어는 허파로 숨을 쉬는 물고기라고 해서 붙여진 이름이다. 폐어는 고생대 말기인 약 3억 년 전에 지구에 나타났고, 아가미 호흡과 폐 호흡을 함께한다. 보통은 수중생활을 하지만 물이 마르면 뻘 속으로 들어가 체내에 저장된 영양분을 조금씩 사용하여 무려 4년까지 견디는 놀라운 생명력을 가지고 있다. 3억 년 동안 진화를 하지 않고 원래 모습을 그대로 가지고 있으며, 중앙 아프리카에 4종, 남미 아마존 지역에 1종, 오스트레일리아에 1종으로 총 6종이 현재 지구상에 남아 있다.

빛의 굴절과 물고기의 위치

물 속에 있는 물고기는 실제 위치보다 얕은 곳에 있는 것처럼 보이는데 이러한 현상은 빛의 굴절 때문에 생긴다. 우리 눈은 빛이 수면에서 굴절한 것을 느끼지 못하기 때문에 실제 위치보다 얕은 곳에 있는 것처럼 보이는 것이다. 따라서 물고기를 잡으려면 실제 위치보다 약간 안쪽으로 작살을 쏘아야 한다.

작살을 내리꽂았다. 물고기는 간발의 차이로 빠져나갔다.

"아, 아깝다!"

쿨쿨천사는 이번에는 신중하게 폐어가 멈춰 있을 때를 노려서 작살을 내리찍었다. 빗나가기는 이번에도 마찬가지였다.

수십 차례 시도해 봤지만 결과는 똑같았다. 영화에서는 손쉽게 잡던데 생각처럼 쉽지 않았다.

"오늘은 컨디션이 좋지 않네."

쿨쿨천사가 작살을 되돌려 주었다. 자존심이 상하긴 했지만 어쩔 수 없었다.

"눈에 보이는 위치에다 작살을 내리꽂으니 그렇지. 강물의 깊이와 빛의 굴절을 계산한 다음에 작살을 꽂아야 해. 어려서부터 천재 소리 듣고 자랐다면서 그것도 몰라?"

노빈손이 작살을 받아들고는 물 속으로 들어갔다.

"흥! 잘난 척은! 그래, 얼마나 잘 잡나 보자."

쿨쿨천사가 중얼거리고 있는데 노빈손의 손이 빠르게 움직였다. 작살을 들어 올리는데 물고기가 꽂혀 있었다.

"운이 좋네!"

"과연 그럴까?"

노빈손은 잡은 물고기를 던져 놓고 다시 강으로 들어갔다. 그는 두 번째는 헛손질을 했으나 세 번째는 다시 폐어를 찍어 올렸다. 잠깐 동안에 다섯 마리를 잡고 강에서 나왔다.

"내 몫은 보나마나 한 마리겠군."

쿨쿨천사는 불공평하다는 생각이 들었지만 노빈손이 잡은 물고기이기에 따질 수도 없었다.

"구워 먹을 곳을 찾아가자."

노빈손이 배낭을 메려고 했다.

"또 산 위로 올라가게? 그러지 말고 우리 그냥 여기서 구워 먹자. 사방이 탁 트여 있으니까 육식 공룡이 접근하면 달아나면 되잖아."

"그럴까?"

노빈손이 나뭇가지를 주워 와서 불을 지폈다. 물고기를 진흙으로 감싼 뒤에 나무막대기에 꿰뚫어 불 위에 올려놓았다.

"뭐하는 거야?"

"진흙구이를 해 먹자. 이렇게 구워 먹으면 따로 껍질을 벗기지 않아도 돼."

노빈손이 나무막대를 빙글빙글 돌리며 물고기를 구웠다. 진흙이 서서히 말랐고, 마침내 쩍쩍 갈라졌다. 구수한 냄새가 사방으로 퍼져 나갔다.

"먹어 봐!"

마른 진흙을 벗겨내자 물고기 껍질도 같이 떨어져 나갔다. 살점을

진흙구이를 하면 고기가 맛있는 이유

진흙을 불로 가열하여 약 450℃ 이상의 온도로 높이면, 진흙에서 인체에 유익한 원적외선이 다량으로 방출된다. 이 원적외선은 고기를 안쪽부터 천천히 익히고, 고기에 있는 기름은 진흙으로 흡수된다. 따라서 진흙구이로 익힌 고기는 맛이 담백하고 고소하다.

연흔은 뭘까?

약하게 흐르는 물이나 바람
은 퇴적물의 표면에 그 자국
을 남겨 놓는다. 이 자국이
퇴적암에 보존되어 있는 것
을 연흔이라고 하는데, 주로
사암층에 잘 만들어진다. 연
흔은 물이 흐른 방향에 대하
여 직각으로 놓이는 능선과
곡으로 이루어져 있다. 능선
과 곡의 모양을 보면 위쪽은
뾰족하고 아래쪽은 부드러운
곡선을 이루고 있다. 이 형태
를 이용하면 지층의 위, 아래
를 구분할 수 있다.

발라서 소금에 찍어 먹으니 맛이 별미였다. 쿨
쿨천사는 순식간에 한 마리를 먹어 치웠다.

"다이어트 한다면서?"

쿨쿨천사는 노빈손의 물음에 대꾸도 하지 않
고 두 마리째 폐어를 먹어 치웠고, 내친 김에 한
마리 더 먹었다.

노빈손은 먹을 생각도 않고 멍하니 바라보고
만 있었다. 표정이 미묘했다. 우는 것 같기도 하
고, 화가 난 것 같기도 하고, 슬퍼하는 것 같기
도 했다.

"빈손아, 안 먹고 뭐해?"

"그만 먹을 거지? 하긴 네 마리나 먹는다면
인간도 아니지!"

쿨쿨천사가 살짝 눈을 흘겼다.

노빈손은 달려들어 물고기를 허겁지겁 먹기 시작했다.

모래를 뿌려 모닥불을 끄고 강 하류를 따라 내려갔다. 강에서 떨어
진 곳의 습지는 마른 진흙인데 수분이 마르면서 쩍쩍 갈라지고 있었다.

"저게 나중에 연흔이 되지. 지층의 상하 구조를 알려 주는 중요한
단서가 되는 거야."

쿨쿨천사가 강바닥을 가리켰다. 그러나 노빈손은 하늘을 올려다보
았다. 어둠이 빠른 속도로 내리고 있었다.

"오늘은 여기서 자자."

노빈손이 숲과 얼마 떨어지지 않은 강가에다 텐트를 쳤다. 돔형 모양의 텐트였다.

좁은 텐트 안에서 같이 잠을 잘 생각을 하니 난감했다. 쿨쿨천사가 고민하고 있는데 속마음을 눈치챘는지 노빈손이 말했다.

"안에 들어가서 자. 난 하늘을 지붕 삼아 잘 테니까!"

노빈손이 텐트 앞에 돗자리를 깔고 벌렁 누웠다.

쿨쿨천사는 텐트에 누워 밤하늘을 올려다보았다. 북두칠성 같은 낯익은 별자리는 보이지 않고 하나같이 별자리가 낯설었다. 아무래도 북반구가 아닌 남반구에 와 있는 듯했다.

남반구에서 북반구의 북두칠성 역할을 하는 남십자성자리를 찾고 있는데 여러 개의 별들이 긴 꼬리를 남기며 쏟아졌다. 유성우였다. 가슴이 저릿저릿하도록 아름다운 광경이었다.

구름 사이에 숨어 있던 보름달이 마침내 모습을 드러냈다. 보름달의 위치로 보아서는 저녁 아홉 시쯤 된 것 같았다.

"와아! 보름달이 현대에서 보는 것보다 훨씬 크다!"

쿨쿨천사의 감탄에 노빈손이 달을 향해서 고개를 돌리며 말했다.

"당연하지! 달은 지구로부터 조금씩 멀어져 가고 있거든. 달이 지구의 바닷물을 끌어 당겨 밀물과 썰물을 만드는데, 이때 바닷물과

비처럼 떨어지는 별의 무리, 유성우(流星雨)

유성의 수가 시간당 50~100개 정도 떨어지는 것을 유성우(流星雨)라고 한다. 유성우는 유성이 비처럼 떨어진다는 뜻. 대표적인 유성우로는 사자자리 유성우가 있는데, 가장 많은 유성우가 지구에 쏟아진 기록은 한 시간 동안 약 12만 개다. 과거 하늘에서 비처럼 쏟아지는 유성들은 사람들에게 공포의 대상이었다. 1833년 사자자리에서 유성우를 본 사람들은 '세상이 불길에 휩싸였다'며 울부짖을 정도였다고.

트라이아스기에서 생긴 일

바다 및 땅에서 마찰이 일어난다고. 바닷물이 브레이크 같은 역할을 하는거야. 그래서 지구 자전 속도가 느려지고, 달이 지구에서 멀어지고."

노빈손은 주저리주저리 잘난 척하며 말했다.

"달이 멀어진다는 것은 공전 주기가 커진다는 거네?"

"그래! 그래서 하루는 현대보다 중생대가 더 짧아! 일 년은 더 긴 셈이고……."

쿨쿨천사는 지기 싫어서 대꾸했으나, 참 멋없는 대화라는 생각이 들었다. 이렇게 낭만적인 밤에 고작 그런 이야기나 주고받다니.

밤하늘을 올려다보고 있으니 숲속에서 공룡의 울부짖음이 들려 왔다. 고통스러운 울부짖음이 아닌 걸로 봐서는 발정기의 공룡이 짝을 찾아 부르는 소리 같았다. 트라이아스기의 첫날밤이 점점 깊어갔다.

공룡인간의 요새로 끌려가다

얼마나 잤을까. 쿨쿨천사는 웅성거리는 소리에 눈을 떴다. 주변이 대낮처럼 환했다. 창과 화살로 무장한 공룡인간들이 횃불을 들고 텐트 주변을 에워싸고 있었다. 노빈손은 이미 밧줄에 꽁꽁 묶인 채 사로잡혀 있었다.

"끌어내!"

유일하게 군복을 입은 공룡인간이 말했다.

그 옆에 서 있던 에오랍토르를 닮은 공룡인간이 저벅저벅 다가왔다. 갈고리 같은 손을 뻗어 손목을 움켜쥐었다. 손가락은 세 개뿐이었는데 손톱이 무척 길었다.

"나와!"

쿨쿨천사는 순순히 텐트 밖으로 나갔다. 무릎을 꿇고 있으니 손을 뒤로 돌려서 넝쿨을 꼬아서 만든 밧줄로 손목을 묶었다.

그 사이에 다른 공룡인간들이 텐트를 접기 시작했다. 처음에는 접을 줄 몰라서 텐트를 이리저리 살피더니 이내 접는 데 성공했다. 머리가 좋은 게 확실했다.

"기지로 돌아가자!"

트라이아스기에서 생긴 일

군복은 입은 우두머리가 말했다.

전리품인 가방과 배낭을 멘 공룡인간, 노빈손과 쿨쿨천사, 무장을 한 공룡인간들이 두 줄로 질서정연하게 그 뒤를 따랐고, 횃불을 든 공룡인간들이 사이사이에 서서 길을 밝혔다. 그들은 걸어가며 노래를 부르기 시작했다.

가자, 가자, 지구로 가자!
잃어버린 지구를 찾으러 가자.
포유류를 몰아내고 공룡인간의 세상을 만들자.
자연이 살아 숨쉬는 낙원을 세우자!

횃불을 밝혀 든 공룡인간의 노랫소리가 어두운 대기를 뒤흔들었다. 쿨쿨천사의 전신에 소름이 돋았다.

삼십 분 남짓 걸어가니 그들의 기지가 나왔다. 숲 한가운데 세워진 기지는 통나무로 지어졌는데 마치 유럽의 성을 연상시켰다.

성 위에 서 있던 병사가 공룡의 뿔로 만든 고동을 불었다. 이상한 울림이 밤하늘에 울려 퍼졌다. 이윽고 육중한 나무문이 열렸다.

성 안을 횃불이 환히 밝히고 있었다. 창을 든 초병들이 두 줄로 질서정연하게 서 있었다. 성곽 위에서 북소리가 울려 퍼졌다.

거대한 불꽃이 타오르는 광장 한가운데 멈춰 서자 군복을 입은 우두머리가 명령했다.

"무릎 꿇어!"

쿨쿨천사는 노빈손의 표정을 살피며 무릎을 꿇었다. 노빈손은 아직도 잠에서 덜 깬 듯 흐리멍덩한 눈빛을 하고 있었다.

다시금 뿔 고동이 길게 울려 퍼졌다. 군복을 입은 우두머리를 비롯, 모두가 일제히 머리를 조아렸다.

발자국 소리가 나더니 금발의 남자와 양복을 말끔히 차려 입은 공룡인간이 나타났다. 상족암에서 보았던 그들이었다.

단상에는 의자가 하나 놓여 있었는데 포유류의 껍질을 벗긴 가죽이 깔려 있었다. 금발의 남자가 의자에 앉았다. 그가 독일어로 물었다.

"대체 뭐라는 거야?"

"어떻게 해서 이곳에 들어왔느냐고 묻는데, 못 들은 척해."

노빈손이 묻자 쿨쿨천사가 고개를 숙인 채 속삭였다.

대꾸하지 않고 있으니 이번에는 영어로 물었다. 공룡인간들이 쓰는 것과는 차원이 다른 세련된 영어였다.

"어떻게 해서 여기까지 들어왔지?"

"고성 상족암으로 공룡 발자국을 구경하러 갔다가 우연히 들어왔습니다."

쿨쿨천사가 영어로 대답했다.

"우연히?"

공룡 발자국 화석으로 알 수 있는 것은?

공룡 발자국 화석은 현재 남극을 제외한 전 지역에서 발견된다. 발자국 화석은 우선 공룡이 그 시간, 그 장소에 존재했었다는 것을 의미한다. 또한 공룡 발의 길이, 보폭 등으로 공룡의 크기를 알아내고, 자국의 깊이 등에서는 무게를 유추한다. 공룡의 자세와 걸음걸이, 발의 구조, 이동 속도, 행동 습성 등에 관한 중요한 자료를 제공해 준다.

"네! 둘이서 장난치다 벼랑에서 떨어졌는데 정신을 차려 보니 깜깜한 동굴 속이었어요."

"그런 거짓말을 믿을 거 같아? 너희들은 도대체 누구야? 힌들러조아의 부하들이냐?"

"힌들러조아요? 그게 누군데요? 우린 한국의 대학생들인데……."

"그걸 뭘로 증명하지?"

"…… 배낭에 신분증이 들어 있습니다."

"신분증? 토마스! 배낭에서 신분증을 찾아와라!"

금발의 남자가 말하자 옆에 서 있던 공룡인간이 배낭을 뒤지기 시작했다. 이내 학생증을 찾아오자 금발의 남자는 한참을 들여다보았다.

"음! 이자들을 일단 감옥에 가둬라! 날이 밝으면 처치하겠다!"

남자가 의자에서 일어나며 말했다.

공룡인간들에 의해서 끌려간 곳은 지하 감옥이었다. 계단을 내려가자 한기가 밀려들었다.

음식이 상하지 않게끔 냉장고로 사용하고 있는지 지하 감옥에는 여러 종류의 고기가 대롱대롱 매달려 있었다. 공룡인간들은 그들만 남겨놓고 문을 닫고 나가 버렸다.

"쿨쿨천사, 이제 어떡해? 꼼짝 없이 죽게 생겼으니……. 차라리 말숙이하고 놀이공원에나 가는 건데……."

노빈손은 애써 참아 왔던 눈물이 눈가에 글썽했다.

"나폴레옹이 이런 말을 했어. 비장의 무기가 아직 나의 손에 있다! 그것은 바로 희망이다, 라고. 절망하기에는 아직 일러."

"여기는 2억 2천만 년이나 떨어진 세계야! 누가 우리를 구하러 오겠어?"

"기다려 보자. 기회가 오겠지……."

"쿨쿨천사, 날 위로하려 들지 마. 한창 나이에 허망하게 세상을 마감해야 하다니. 말숙이도 슬퍼해 줄 리 없는 공룡 세계에서……."

노빈손은 흐르는 눈물을 막을 수 없었다. 자제하려 하면 할수록 슬픔이 복받쳐 올랐다. 나중에는 콧물까지 흘러내렸다.

쿨쿨천사도 무섭기는 마찬가지였다. 울고 싶은 마음이 치밀어 올랐지만 그녀는 꾹 참았다. 아버지를 찾을 때까지는 울 수도 죽을 수도 없었다.

얼마나 지났을까. 쿨쿨천사는 깜빡 잠이 들었다. 노빈손의 나지막한 음성이 들려왔다.

"아이구 어르신! 겁 먹덜 말고 싸게싸게 오더라고!"

쿨쿨천사는 공포에 질린 나머지 노빈손이 마침내 미쳤다고 판단했다. 눈을 감고 있으니 다시금 목소리가 들려 왔다.

"쿨쿨천사, 어여 일어나 봐! 조상님이 우리를 구하러 오셨어."

배가 고픈 나머지 헛것까지 보이는 모양이었다. 쿨쿨천사는 고개를 돌려 외면했다. 그의 비참한 몰골을 차마 볼 용기가 나지 않았다.

다시 잠을 청하려는데 이번에는 무언가를 긁어먹는 소리가 들려왔다. 배가 고픈 나머지 바닥의 흙을 긁어먹는 걸까? 가엾고 불쌍해서 코끝이 찡했다. 물고기를 빼앗어먹은 게 후회스러웠다. 쿨쿨천사는 빈손을 위로해 주려고 눈을 떴다.

그런데 놀랍게도 노빈손의 등 뒤에 무언가 달라붙어 있었다. 자세히 보니 낮에 보았던 모르가누코돈이 이빨로 밧줄을 열심히 갉고 있었다.

"조상님, 겁나게 고맙소잉!"

밧줄이 끊어지자 노빈손이 벌떡 일어나더니 모르가누코돈에게 넙죽 큰절을 했다. 모르가누코돈은 주변을 한 바퀴 돌고는 아무 일도 없었다는 듯이 작은 구멍 속으로 사라졌다.

"쿨쿨천사, 나는 이제부터 나폴레옹을 존경하기로 했어!"

노빈손이 흥분된 목소리로 말하며 밧줄을 풀어 줬다.

쿨쿨천사는 출입문 쪽으로 살금살금 다가갔다. 나무문을 힘껏 밀어보았지만 꿈쩍도 하지 않았다. 밖에서 잠근 모양이었다.

"여길 어떻게 빠져나가지?"

"찾아보면 좋은 방법이 있겠지."

노빈손은 몸을 땅바닥에 바짝 붙이고 모르가누코돈이 사라진 구멍 속을 유심히 살폈다.

"이쪽에 수로가 있나 봐. 물소리가 들려."

"구멍이 그렇게 작은데 어떻게 빠져나가? 마술을 부려 쥐로 둔갑할 수 있다면 몰라도."

"쥐로 둔갑해 빠져나갈 수 없다면 차라리 구멍을 넓히는 건 어떨까?"

노빈손은 구석진 곳으로 가더니 커다란 돌멩이를 가져왔다. 소리가 밖으로 새어나가지 않게끔 스웨터를 벗어서 돌멩이를 감싸고 벽을

첬다. 그러자 진흙과 수초를 짓이겨서 만든 벽
돌이 힘없이 밀려나갔다. 순식간에 머리 하나가
빠져나갈 구멍이 생겼다.

"이 정도면 빠져나갈 수 있을 거야!"

"이쪽으로 나가면 정말로 출구가 있을까?"

쿨쿨천사가 깜깜한 어둠 속을 들여다보며 물
었다. 막상 빠져나가려고 하니 겁이 났다.

"영화 같은 데서 보면 그렇잖아. 지하수든 수
로든 간에 물이 흘러들어오고 있으니까 거꾸로
올라가면 강이나 계곡이 나올거야."

노빈손의 태평한 소리에 쿨쿨천사는 망설였
지만 달리 다른 방법이 생각나지 않아서 구멍 속
으로 들어갔다. 구멍이 넓어서 어렵지 않게 빠져
나갈 수 있었다. 문제는 노빈손이었다. 머리는
가까스로 빠져 나왔는데 배가 구멍에 걸려서 꼼짝도 하지 않았다. 쿨
쿨천사가 힘껏 손을 잡아끌었지만 소용이 없었다.

"빈손아, 어떡해?"

"헉…… 먼저 가…… 난 뱃속의 지방이 빠질 때까지 기다릴 테
니까."

"넌 이 판국에 농담이 나오니?"

"그럼 어쩔 수 없군. 비상수단을 쓸 수밖에."

노빈손의 얼굴이 점점 붉어진다 싶었는데 갑자기 폭죽이 터지는

뱃속의 지방

배 안쪽의 내장 주위에 있는
지방, 즉 복부 지방(흔히 똥
배라고 부르는 것)은 다른
부위의 지방에 비해 체내 대
사 활동이 잘 일어난다. 따라
서 이 지방은 혈액 속으로 쉽
게 흘러 들어 혈액의 콜레스
테롤 수치를 높이거나, 포도
당의 소비를 조절하는 효소
인 인슐린의 작용을 방해하
여 고혈압, 당뇨병, 동맥 경
화 등의 성인병을 일으킨다.
복부 지방은 비만에 직접적
인 원인이 된다. 체내에 필요
이상의 지방이 쌓여 있으면
몸무게가 많이 나가기 때문.

트라이아스기에서 생긴 일

풍뎅이의 출현

풍뎅이는 딱정벌레목에 속하는 곤충. 딱정벌레는 전 세계 곤충의 약 40%를 차지하는 가장 큰 규모의 곤충 무리이며 약 2억 4천만 년 전에 지구에 출현, 지금까지 가장 지구 환경에 잘 적응한 동물이다. 열대사막부터 극지방까지 인간이 살 수 없는 곳에서도 생명을 유지한다. 튼튼한 외골격을 가지고 있고, 번식력이 뛰어나며, 변온동물이기 때문에 영하 20℃에서도 살 수 있다.

듯한 요란한 소리가 났다. 이어서 고약한 냄새가 진동했다.

"어, 이제 살 것 같다!"

노빈손이 후련한 표정을 짓더니 힘을 주었다. 거짓말처럼 몸이 쑥 빠져나왔다.

"빈손아, 아무리 급해도 그렇지! 남의 집 냉장고 안에다 가스를……."

쿨쿨천사는 다급히 코를 움켜쥐었다.

"나도 어지간해서는 음식을 향해서 발사하지 않는데 오늘은 어쩔 수 없었어."

노빈손이 머리를 긁적거리고는 앞장서서 동굴을 빠져나갔다.

구멍 안은 칠흑처럼 깜깜했다. 네 발로 기어서 엉금엉금 가다 보니 빛이 보였고 점점 물소리가 또렷하게 들려 왔다.

발목을 적시며 물이 하염없이 흘러내려갔다. 동굴을 거의 빠져나왔을 때, 무언가 날아와 코를 때렸다.

"아악!"

노빈손은 코를 움켜쥐고 주저앉았다.

"뭐가 날아와서 코를 쐈어! 벌인가 봐!"

"벌이 아니라 풍뎅이야."

"풍뎅이? 풍뎅이가 이 시대에도 존재해?"

"풍뎅이는 무려 2억 7천만 년 전부터 살아왔던 곤충이야."

"정말 끈질긴 생명력인걸? 이제부터는 풍뎅이를 존경해야겠어. 풍뎅이 님, 같이 가요!"

노빈손이 벌떡 일어나서 달려갔다.

신나치주의의 이름으로 지구를 정복하라

 동굴을 벗어나니 숲이었다. 노빈손은 사방을 둘러보았다. 성에서 멀리 벗어난 줄 알았는데 성은 바로 코앞에 있었다.

여명이 트는지 어느 새 하늘이 훤히 밝아오고 있었다. 성곽을 지키는 보초병들의 시선을 피해서 조심스레 숲으로 들어갔다.

뭔가 발목을 스르르 감는 기분이 들었다. 무심코 밑을 내려다보았다. 길이가 2미터가 넘는 뱀이 발등을 지나가고 있었다.

"아악! 뱀이야!"

노빈손이 발을 마구 털어내며 비명을 질렀다.

"조용히 해!"

쿨쿨천사가 다급히 입을 틀어막았다.

"뱀이 어디 있다고 그래? 뱀은 백악기에 처음으로 나타나!"

뱀의 다리가 없어진 이유는?

최근 뱀은 수중 동물이 아니라 육지에서 서식하는 도마뱀으로부터 진화했다고 하는 주장이 제기되고 있다. 이러한 주장을 하는 학자들은 도마뱀이 조그만 구멍 등에 쉽게 들어가기 위해 다리가 퇴화되는 과정을 거치면서 뱀으로 진화했다고. 그러나 반대의 주장을 하는 학자들은 중생대의 모사사우루스와 같은 어룡이 뱀으로 진화했다고 한다.

트라이아스기에서 생긴 일

"그래?"

노빈손은 발 밑을 내려다보았다. 자세히 보니 뱀이 아니라 뱀처럼 생긴 나뭇가지였다. 놀란 가슴을 쓸어내리는데 요란한 고동 소리와 북 소리가 들려 왔다.

노빈손은 숨을 죽인 채 성문 쪽을 살폈다. 문이 활짝 열리면서 무장을 한 공룡인간들이 쏟아져 나왔다.

"이제 어떡하지?"

"뛰어! 어서!"

노빈손은 쿨쿨천사의 등을 떠밀었다.

"탈출한 인간들이 저기 있다! 잡아라!"

노빈손은 뒤도 돌아보지 않고 달리기 시작했다. 공룡인간이 빠른 속도로 쫓아왔다. 화살이 머리 위를 지나갔고, 창이 날아와 나무에 꽂혔다.

있는 힘을 다해서 달아났지만 그들의 추적을 따돌릴 수는 없었다. 그들은 인간보다 훨씬 빨랐고, 집요했다.

노빈손과 쿨쿨천사는 점점 지쳐 갔다. 이대로 가다가는 잡히는 것은 시간 문제였다. 울창한 숲을 빠져 나가려는데 나무 뒤에서 뭔가 불쑥 튀어나왔다. 금발의 남자와 공룡인간 토마스였다.

"아, 틀렸구나……."

노빈손은 두 눈을 질끈 감았다.

"이리 와요, 어서!"

금발의 남자가 다급히 손짓했다.

노빈손이 영문을 몰라 쿨쿨천사를 돌아보았다. 어리둥절해 하기는 쿨쿨천사 역시 마찬가지였다.

"시간이 없어! 서둘러야 해!"

남자가 낮은 목소리로 외쳤다.

"우릴 어디로 데려가려는 거죠?"

"이걸 하나씩 입에 물고 나를 따라와요."

노빈손과 쿨쿨천사는 금발의 남자가 시킨 대로 수초를 입에 물었다. 남자와 토마스가 물 속으로 잠수했다. 수초만 물 위에 살짝 떠 있었다.

노빈손과 쿨쿨천사도 물 속으로 몸을 숨겼다. 물 속이지만 입에 물고 있는 수초를 통해서 가까스로 숨을 쉴 수 있었다. 그러나 뇌에 산소가 충분히 공급되지 않은 때문인지 정신이 점점 몽롱해졌다.

"이제 됐어요! 나와도 돼요."

한계 상황에 이르렀다고 느낀 순간, 남자의 목소리가 들려 왔다. 노빈손과 쿨쿨천사는 거의 동시에 물 밖으로 머리를 내밀며 참았던 숨을 토해냈다.

"날 따라와요!"

금발의 남자와 토마스가 앞장서서 강을 헤엄쳐 건너갔다.

쿨쿨천사는 자유형으로 헤엄쳐 가다가 뒤를 돌아보았다. 노빈손이 보기에도 불안한 엉거주춤 개헤엄으로 부지런히 뒤를 따라오고 있었다.

강을 건너자 그는 숲으로 들어갔다. 쿨쿨천사가 뒤를 따라가며 물었다.

"도대체 우릴 어디로 데려가려는 건가요?"

"동굴로."

"당신은 누군데 우리를 도와주는 거죠? 저들과 한 패가 아닌가요?"

"저들과 한 패이기도 하고 아니기도 하오. '지킬 박사'라고 다들 부르긴 하지만 나는 도대체 누구겠소?"

금발의 남자, 즉 지킬 박사가 걸음을 멈추고 물었다.

"그걸 우리가 어떻게 알겠어요?"

"아냐! 나는 알 것 같아."

노빈손이 몇 올 남지 않은 머리카락을 한 올, 한 올 쓸어 올리며 말했다.

"그래요? 내가 도대체 누군가요?"

흥미 있는지 지킬 박사가 미소를 지었다.

"지킬, 그 이름과는 완전 다른 이름이고요. 사실…… 필립 박사님!"

"오, 빙고!"

지킬 박사가 깜짝 놀라더니 박수를 쳤다.

"어떻게 알았소?"

"저들과 한 패이기 하고 아니기도 하다는 말에서 힌트를 얻었어요."

"과연 유별난 교수가 자랑할 만도 하구먼! 반갑네!"

필립 박사가 악수를 청했다.

"이쪽은 토마스라고 하네. 나의 조수이자 양아들이지."

필립 박사의 말이 떨어지자 옆에 서 있던 토마스가 고개 숙여 목례를 했다.

"베를린 근교의 복제 연구실이 폭파된 건 아시죠?"

필립 박사와 나란히 걸어가며 쿨쿨천사가 물었다.

"자네가 그걸 어떻게 알지?"

"CNN 뉴스를 보고 유별난 교수님이 말씀해 주셨어요."

"음! 그렇게 된 거로군."

"그곳에서 공룡인간을 복제한 건가요?"

"눈으로 보았으니 더 이상 숨길 것도 없지! 우리가 고성에서 중생대로 통하는 출구가 있다는 정보를 얻은 건 아주 오래 전이라네. 하루

신나치주의

제2차 세계대전 후 1950년대 부터 서독에서 일어난 우익운동 및 사상. 반공(反共)·반미(反美) 정책 및 반유대주의, 백인우월주의 등을 외친다. 나치즘에서 발전, 옛날 나치스 당원이 많이 참여한 독일국가민주당(NDPD)이 중심이 되었다. 구동독 지역의 실업문제 등 사회경제 상황이 더욱 악화되자 절망에 빠진 청년들의 반항심리와 결합되어 폭력적인 운동으로 변했다.

는 상부의 고위 관리를 자처하는 자가 새로운 프로젝트가 있다며 나를 찾아왔더군. 공룡 알에서 추출해 낸 유전자와 인간의 유전자를 결합해서 공룡인간을 만들어 내려고 하는데 협조해 달라며 보수는 원하는 대로 주겠다는 거야. 돈도 돈이지만 강압적인 분위기여서 거절할 수 없었지. 세계 각지에서 뽑은 여러 명의 과학자들이 중생대에서 알을 가져다가 인류 최초로 공룡인간을 만들어냈다네. 처음으로 태어난 공룡인간이 트로오돈과 인간의 유전자를 배합시킨 트로인이라네. 토마스도 그때 태어났지."

필립 박사가 뒤를 돌아보며 말했다. 토마스는 노빈손과 나란히 두 사람의 이야기에 귀를 기울이며 따라오고 있었다.

"공룡인간을 창조해 낸 목적이 뭐죠?"

"우리는 그저 과학 실험을 했을 뿐이라네. 인류 번영에 조금이라도 보탬이 되었으면 하는 소망을 안고서. 그런데 그들의 생각은 우리와 달랐네. 나중에야 알았지만 그들은 히틀러를 신봉하는 신나치주의자였던 거야. 그들은 공룡인간을 앞세워 전쟁을 일으키려 했던 거지. 공룡인간을 최신 무기로 무장시켜 전 세계를 정복한다는 게 그들의 숨겨진 야욕이지."

"음! 그래서 미국을 비롯한 주변국의 감시를 피하기 위해 공룡인

간을 이곳에 살게 한 거로군요."

"대단한 추리력이야! 자네 말이 맞네. 우린 연구실에서 공룡인간을 복제한 뒤 곧바로 이곳으로 옮겼네. 이곳이라면 인공위성이나 정찰기, 도청 장치도 무용지물이니까."

노빈손은 필립 박사의 칭찬에 거만한 포즈를 잠깐 취해주었다. 그리고 베테랑 형사 같은 말투를 흉내내려고 목에 힘을 뺏다.

"에헴! 그런데 박사님, 여전히 한 가지 의문이 남는군요. 하필이면 왜 트로오돈이나, 코엘로피시스, 에오랍토르 같은 작은 공룡들을 복제한 거죠?"

"트로인, 코엘인, 에오인은 모두 복제 1기 생명체라네. 복제 2기 생명체는 그보다 덩치 큰 공룡인간이 복제되었고, 3기에는 실험의 결정체라고 할 막강한 능력을 지닌 공룡인간을 복제할 예정이었다네."

"아, 이제야 확실히 알겠어요! 연구소로 이메일을 보낸 분이 누군가 했더니 바로 필립 박사님이군요."

"맞아! 그 정도 내용이라면 유별난 교수가 흥미를 보일 거라고 예상했는데 유 교수는 오지 않고 자네들이 왔군."

필립 박사가 섭섭하다는 투로 말했다.

"교수님은 세미나 참석차 미국으로 출국하셨거든요."

"음, 그래서 자네들이 온 거로군. 어쨌든 중생대에 온 걸 환영하네."

필립 박사가 두 손을 양편으로 활짝 펴며 말했다.

"감사합니다! 그런데 티라노의 알을 누가 가져가려 한다는 거죠? 박사님 일행 말고 또 다른 자들이 있다는 건가요?"

"그렇다네."

"음…… 혹시…… 교수님보다 하루 먼저 호텔을 빠져나간 일행들이 아닌가요?"

"왜 그렇게 생각하지?"

필립 박사가 깜짝 놀라며 물었다.

"1급 기밀이었던 연구실에 폭탄이 터지고, 박사님과 같은 방을 썼던 분이 참혹하게 죽었어요. 이런 사건은 내분으로밖에는 달리 설명할 길이 없죠."

"그렇다면 내가 왜 티라노의 알이 유입되는 걸 막아야 한다고 했는지도 알겠군."

"티라노와 인간의 유전자를 결합한 공룡인간…… 티라인이 만들어지는 걸 막기 위해서?"

쿨쿨천사는 자신이 말해 놓고도 엄청난 사실 앞에 입을 떠억 벌렸다.

티라노는 공룡의 전성시대라고 할 수 있는 백악기에서 '폭군 도마뱀'으로 불릴 정도로 무시무시한 공룡이었다. 인간의 유전자와 티라노의 유전자를 배합해 티라인을 만들어 낸다면 어마어마한 괴물이 탄생할 게 분명했다.

"그렇다네! 공룡인간 복제에 참여했던 과학자들은 어느 누구도 전쟁을 원치 않았네. 점점 우리의 의도와는 다른 방향으로 흘러간다는 것을 느끼고 있었는데 마침내 티라인을 복제하라는 명령이 떨어졌다네! 비로소 우린 그자들이 무엇을 원하는지 명확히 알게 되었지. 하지 말았어야 할 일을 했다는 사실을 깨달았지만 너무 늦어 있었다네. 공룡인간 프로젝트를 계획한 전쟁광들은 우리를 놓아 주려 하지 않았어. 그래서 복제에 참여했던 과학자들이 결단을 내린 거야. 힘을 합쳐 연구실을 폭파시키고, 티라노의 알이 유입되는 걸 막기로!"

잠자코 듣고 있던 노빈손은 고개를 끄덕였다. 비로소 형사가 거대한 독수리가 목을 졸라 죽인 것 같다고 했던 의미를 알 것 같았다.

"그래서 토마스가 공룡인간 프로젝트에 자금을 대 주었던 헤르만 괴링을 목 졸라 죽인 거로군요."

노빈손이 두 사람의 대화에 끼어들었다.

"헤르만 괴링은 복제연구소 부소장이었네. 그가 우리의 계획을

**플라케이스는
공룡의 친구?**

플라케이스는 고생대 말기와 중생대 초기에 번성했던 포유류형 파충류로 공룡은 아니다. 이들은 큰 무리를 지어 생활했으며 입 양쪽 아래로 나 있는 기다란 엄니 두 개로 먹이를 찾거나 스스로를 방어했다. 길이는 3m 정도에 불과하지만 몸무게는 1톤에 가까웠을 것으로 추정하는데, 미국 애리조나 지방에서 약 40마리의 화석이 발견되기도 했다.

눈치채서 어쩔 수 없이 죽일 수밖에 없었지!"

"공룡인간 프로젝트는 국가 차원에서 행해진 건가요?"

"대통령은 전혀 모르고 있네. 히틀러를 그리워하는 몇몇 전쟁광들이 기획한 거야. 지금 우리가 이러고 있을 때가 아닐세. 우리보다 하루 앞서 들어온 자들이 티라노의 알을 훔쳐서 돌아가기 전에 막아야 하네. 그들이 바로 공룡인간 프로젝트의 주동자거든!"

"그렇군요. 박사님, 이건 사적인 질문입니다만 혹시 저의 아버지 서하진 박사를 못 보셨나요?"

쿨쿨천사는 아까부터 묻고 싶었던 질문을 던졌다.

"아, 얼마 전에 고속도로에서 실종된 서 박사! 자네가 바로 서 박사의 딸이로군. 유감스럽게도 서 박사는 뮌헨에서 5년 전에 본 게 마지막이었다네."

"아, 네. 그렇군요."

쿨쿨천사는 힘없이 고개를 끄덕였다. 아버지를 생각하자 그리움이 밀려왔고, 눈물이 핑 돌았다.

"너무 낙담하지 말게. 머지않아 아버님을 꼭 만나게 될 걸세."

필립 박사가 쿨쿨천사의 어깨를 다독거려 주었다.

동굴로 가다 보니 어디선가 거친 숨소리와 함께 쿵쿵거리는 발자국 소리가 들려왔다. 발자국 소리는 점점 가까이 다가왔다.

"공룡인간들이 쫓아왔나 봐요?"

노빈손이 겁먹은 음성으로 물었다.

"긴장할 것 없어. 초식 공룡이야."

"그걸 어떻게 알죠?"

"잘 들어보게. 위석이 부딪치는 소리가 들릴 거야."

쿨쿨천사는 귀를 기울였다. 아닌 게 아니라 바닷물에 자갈이 쓸려나가듯 위석이 부딪치는 소리가 연이어 들려 왔다.

잠시 뒤, 숲에서 공룡들이 나왔다. 한 마리가 아니라 자그마치 여섯 마리나 되었다. 플라케이아스였다.

그들은 물가로 가서 물을 마시고는 배를 땅에 붙이고 죽은 듯 엎드렸다. 트림하는 소리와 함께 폭죽이 터지는 소리가 연이어 들려 왔다. 이어서 재래식 화장실에서 날 법한 악취가 진동했다.

"으윽! 이게 무슨 냄새죠!"

쿨쿨천사가 코를 틀어막고 인상을 썼다.

"플라케이아스는 먹이를 갈아먹을 수 있는 이빨이 발달되어 있지 않네. 그래서 일단 먹이를 섭취한 뒤, 위에서 발효시켜 영양분만을 추출해 낸다네. 그러니 뱃속에 가스가 차고, 그 가스는 트림과 방귀로 배출되는 거야."

트라이아스기에서 생긴 일

매니코우간 분화구
캐나다 퀘벡 주에 있는 매니
코우간(Manicouagan) 분
화구는 그 지름이 약 100km
가 넘는다. 이것은 중생대 공
룡의 대멸종에 결정적인 역
할을 한 것으로 추정되는 운
석 충돌의 흔적이다.

"플라케이아스! 내가 아는 어떤 사람과 여러 모로 비슷하군요."

쿨쿨천사가 혼잣말처럼 중얼거렸다. 노빈손은 자신을 향한 말이라는 걸 눈치챘지만 애써 모른 체하며 먼산을 보았다.

동굴 입구에 이르렀을 때, 갑자기 지축이 흔들리면서 거대한 폭발음이 들려왔다. 얼마 떨어지지 않은 숲에서 불길이 솟구쳤다.

"저게 뭐죠?"

"운석이 떨어졌나 보군."

"운석이요?"

"그래. 저건 그래도 작은 운석이야. 트라이아스기 말기에는 캐나다 퀘벡에 거대한 운석이 떨어져서 지름이 100킬로미터에 이르는 매니코우간 분화구가 형성되지. 그 바람에 먼지가 하늘을 새까맣게 뒤덮고, 생태계에 변화가 생겨 수많은 생명들이 사라지게 되지."

"참으로 불행한 일이네요."

노빈손은 동굴로 들어가기 위해 벼랑을 타고 오르려다가 뒤를 돌아보았다.

쿨쿨천사가 돌아서서 숲을 향해 성호를 긋고 있었다. 그녀의 얼굴이 더없이 경건해 보였다.

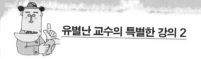

공룡이 살았던 시대는 어떤 모습이었을까?

공룡이 번성했던 지질 시대는 중생대이다. 그 시대는 어떤 자연환경과 기후조건을 가지고 있었을까? 중생대는 트라이아스기(삼첩기), 쥐라기, 백악기로 구분한다.

트라이아스기 (삼첩기)

● **시기 :** 약 2억 4천5백만 년 전부터 2억 8백만 년 전까지.
● **주위 환경 :** 지구는 판게아(pangea)라 불리는 거대한 하나의 대륙으로 붙어 있었지. 대륙은 늘 따뜻했고, 바다가 없어서 점점 덥고 건조해졌어. 뭐, 적도 근처에 있었으니 그럴 만도 할 거야. 주위 환경은 사막과 비슷하게 변해가고 공룡이 드디어 지구에 모습을 드러냈지. 덥고 건조한 기후는 공룡이 출현하기에 딱 좋은 조건이었다고나 할까.

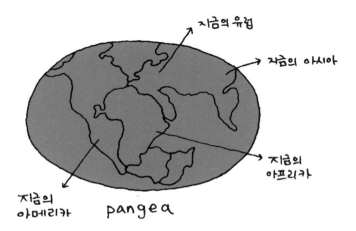

침엽수와 소철류, 은행나무와 같은 겉씨식물들과 땅 위에는 자그마한 양치식물이 자랐지. 초기 야자수도 있었지만, 꽃이 있는 풀이나 나무는 없었어. 이 당시에는 꽃이라는 식물이 아예 존재하지 않았단다.

 육상 동물인 공룡은 얼마나 자유로웠을까? 대륙이 하나로 붙어 있으니 전 세계 여러 지역을 돌아다니면서 광활한 대륙을 활보했겠지?

 그래도 이 시기에 가장 왕성한 생명 활동을 한 것은 곤충 무리들이었단다. 지네, 전갈, 메뚜기들은 몇 번의 멸종 위기를 극복하고 지금까지 꾸준히 살아남았어. 오늘날의 곤충 세계를 만들어낸 영웅들이지. 그리고 곤충류 외에는 악어 등의 파충류나, 개구리 등의 양서류도 진화를 하기 시작했던 시기야.

● **공룡 :** 작고 날렵하며 두 다리로 걷는 에오랍토르와 코엘로피시스와 같은 육식 공룡이 있고, 플라테오사우루스와 같은 초식 공룡이 있다.

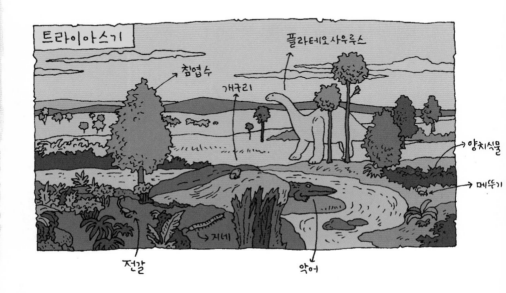

에오랍토르 Eoraptor 가장 원시적인 공룡인 에오랍토르는 빠른 이족보행을 했고 앞발은 뒷발 길이의 반보다 짧다. 아래턱 가운데뼈의 접합 지점이 없다. 앞니는 나뭇잎 모양으로 톱니형의 돌기가 나 있다. 최대 길이 1미터.

코엘로피시스 Coelophsis 체중이 40킬로그램 정도 나가는 이 작은 육식 공룡은 환경에 잘 적응하며 사냥을 즐겁게 열심히 했을 뿐만 아니라 죽은 고기를 먹기도 했다. 대개는 혼자 지내는데, 건기에는 먹이와 물이 있는 지역에 큰 무리를 이루고 살기도 했다. 잘 적응하는 성격 탓인지 기회주의자적인 성향이 있었고 때로 동족을 잡아먹었다. 최대 길이 3미터.

플라테오사우루스 Plateosaurus 가장 잘 알려진 원시 용각류 공룡이다. 최초의 거대한 초식 공룡이며 무리를 지어 생활하였을 것으로 추정된다. 몸집이 커서 높낮이와 주변 반경을 가리지 않고 거의 모든 종류의 식물, 다양한 초목을 먹이로 섭취했다. 발톱이 있는 힘센 앞발과 강력한 부리를 가졌다. 최대 길이가 9미터까지 늘어나 3~4미터 높이의 먹이를 뜯어 먹었을 것으로 추정되며 체중은 4톤까지 나갔다.

3. 쥐라기의 낮과 밤

동굴은 깜깜했다. 필립 박사가 플래시로 발아래를 비춰 주었다. 동굴 속으로 걸어 들어가자 출발 지점인 동굴 중앙에 이르렀다. 멀리 세 개의 빛이 보였다. 왼편은 트라이아스기로 나가는 출구였다.

"여기서 헤어져 각자 힌들러조아 일행을 찾기로 하세. 우리는 백악기로 갈 테니까 자네들은 쥐라기로 가게."

필립 박사의 목소리가 동굴에 메아리쳤다. 노빈손은 울림이 멎기를 기다렸다가 물었다.

"힌들러조아가 티라노의 알을 가져가려 한다면 백악기로 갔을 거예요!"

"그렇게 단정지을 수는 없네. 쥐라기에도 공룡인간의 전진 기지가 있다네. 힌들러조아 일행이 그곳에 머물고 있을 가능성도 높아. 만약 그들이 그곳에 있다면 동굴을 빠져나오며 출입구를 폭파시켜버리게. 그럼 그들은 입구를 찾지 못해 영원히 공룡 세계에 머물게 될 거야."

"무슨 수로 동굴 입구를 폭파시키죠?"

"이걸 가져가게."

필립 박사가 등에 짊어지고 있던 배낭에서 작은 가방을 꺼냈다.

"이건 최신형 폭탄이네. 이 안에는 센서가 들어 있어서 목표물에 부착시켜 놓은 뒤 3킬로미터 이내에서 리모컨으로 스위치를 누르면 곧바로 폭발한다네."

노빈손은 내키지는 않았지만 일단 폭탄 가방을 받아 어깨에 멨다.

"조심하게! 쥐라기의 공룡인간은 복제 2기 생명체여서 막강한 능력을 지니고 있다네."

"알겠습니다. 박사님도 조심하세요."

필립 박사와 토마스는 이내 백악기로 들어 갔다.

"허걱, 다시 우리만 남았는데……."

"두려워?"

쿨쿨천사가 물었지만 노빈손은 대답하지 않았다.

"사실 나도 두려워. 하지만 티라인의 탄생은 막아야 해!"

"내 생각도 그래. 인간이 티라인과 맞서 싸우는 일은 없어야지…… 그런데도 왜 이리 내키지 않는걸까?"

쿨쿨천사는 자신없게 중얼거리는 노빈손의 팔목을 힘껏 잡아끌었다.

어두운 동굴을 벗어나자 눈부신 햇살이 쏟아졌다. 갑자기 밝은 곳으로 나와서 앞이 잘 보이지 않았다.

쥐라기 공원으로의 탐험

 동굴은 숲 속에 자리하고 있었다. 트라이아스기에서는 볼 수 없었던 울창한 숲이었다.

콤프소그나투스
우아한 턱을 가진 도마뱀이
라는 뜻의 이름. 머리에서 꼬
리 끝까지 1m가 넘지 않는
가장 작은 공룡 중 하나이다.
두발 보행을 했는데, 뒷다리
가 길었다. 뼈 속이 비어 있
어 몸이 가벼웠다. 주식은 작
은 곤충이나 도마뱀으로 추
정하고 있으며 독일과 프랑
스에서 각각 화석이 발견되
었다.

108

하늘에는 먹구름이 껴 있었으나 날은 무더웠
다. 키가 큰 침엽수와 여러 종류의 소철나무가
곳곳에 서 있어서 열대 지방에 온 것 같았다.

노빈손과 쿨쿨천사는 동굴의 위치를 유심히
살핀 뒤 걸음을 옮겼다. 발아래로 날쌘 도마뱀
이 스르르 빠져나갔다. 등 뒤에서 뭔가 쏜살같
이 달려와서 도마뱀을 낚아챘다.

"어, 웬 프라이드 치킨?"

노빈손이 깜짝 놀라 물었다.

"내참…… 저건 닭이 아닌 공룡이야. 콤프소
그나투스."

"저렇게 작은 공룡도 있어?"

"지금까지 인류가 발견한 공룡 중에서는 몸집이 제일 작아. 공룡은 덩치가 크다는 선입견을 버려."

"알았어! 일단, 허기부터 감추고!"

노빈손이 팔을 걷어붙이고 달려들었다. 그러자 콤프소그나투스는 쏜살같이 달아났다. 아쉽지만 입맛을 다실 수밖에 없었다. 쿨쿨천사는 킬킬거리며 웃음을 참지 못했다.

"가지 않고 뭐해? 닭 쫓던 개 지붕 쳐다보기?"

"아니. 콤프소그나투스 쫓던 노빈손 숲 쳐다보기!"

남양삼나무 숲을 빠져나왔다. 너른 분지가 펼쳐졌고, 분지를 지나자 강물이 앞을 가로막았다.

강물은 넓게 트인 습지를 형성하면서 굽이쳤다. 습지 사이로 사행천을 이루며 곡류가 흘러갔다. 군데군데 우각호라 불리는 작은 호수도 보였다. 우각호 옆으로 울창한 속새들이 군락을 이루고 있었다.

노빈손은 경쾌한 소리를 내며 흐르는 깨끗한 강물을 들여다보았다. 왠지 모르게 기분이 좋아졌다. 물을 한 모금 마시려는데 하류 쪽에서 시끄러운 소리가 들려 왔다.

초식 공룡인 드리오사우루스였다. 일가족인지 네 마리가 앞서거니

흐르는 강물이 만드는 지형 – 사행천, 우각호의 형성

높은 산악 지역에서 출발하는 강물은 흘러가면서 다양한 지형을 만든다. 강의 상류 쪽에는 V자 모양의 계곡을 만들고, 계곡의 입구에서 평지로 이어지는 지형에는 부채 모양의 선상지를 형성한다. 평지를 흐르는 동안에는 뱀이 구불구불 기어가는 모양의 사행천을 이루고, 사행천의 일부가 떨어져 나가 소뿔 모양의 호수인 우각호를 만들기도 한다. 강물은 바닷물을 만나는 지역에서 더 이상 퇴적물을 운반하지 못하고, 삼각형 모양의 삼각주를 형성한다.

드리오사우루스

'참나무 도마뱀'이라는 뜻을 가진 드리오사우루스는 이빨 모양이 참나무 잎같이 생겼다. 힙실로포돈트 중에서 가장 초기의 공룡이며 가장 몸집이 크다. 쥐라기 초기부터 활동한 초식 공룡.

뒤서거니 강가로 다가와서는 물을 마셨다.

그런데 갑자기 숲에서 포효가 들려 왔다. 쥐라기의 최강자라고 할 수 있는 알로사우루스였다. 난폭한 사냥꾼인 알로사우루스의 기습에 놀란 드리오사우루스가 방향을 틀어 달아나려 했다. 그러자 앞쪽에서 또 다른 알로사우루스가 나타났다. 몸집이 좀 더 큰 걸로 봐서는 암컷 같았다.

알로사우루스는 덩치에 비해 짧은 앞발을 지니고 있었다. 벼락같이 달려들어 갈피를 못 잡고 있는 드리오사우루스 새끼를 날카로운 발톱으로 움켜쥐고는 물어뜯었다. 처절한 비명이 조용했던 숲을 뒤흔들었다.

멀찍이 달아난 드리오사우루스들이 울음을 토했다. 가족을 잃은 슬픔이 담겨 있는 애절한 울음이었다.

알로사우루스 암컷이 포획한 드리오사우루스를 뜯어먹기 시작했다. 수컷은 암컷이 먹는 동안 뒤에서 지켜보기만 했다.

그 순간, 숲에서 창과 돌도끼를 든 거대한 몸집의 공룡인간이 나타났다. 생김새가 알로사우루스와 흡사했다.

"알로사우루스와 인간의 유전자를 배합한 알로인인가 봐!"

"우와! 몸집 정말 크다! 잭과 콩나무에 나오는 거인 같아."

노빈손은 입을 떠억 벌렸다.

쥐라기에서는 무적인 줄로만 알았던 알로사우루스가 당황해서 달

아나기 시작했다. 그러나 알로인은 그들보다 빨랐다. 몇 걸음 떼기도 전에 알로인의 창과 돌도끼를 맞고 힘없이 쓰러졌다. 허무한 죽음이었다.

알로인은 드리오사우루스와 알로사우루스를 어깨에 둘러 메고 강가를 떠났다. 그들이 떠난 자리에는 핏자국만 남아 있었다.

"영악한 놈들! 사냥이 끝나기를 기다렸다가 덮치다니. 잔머리가 보통이 넘는 걸."

노빈손은 모처럼 강적을 만난 기분이었다.

"잔인해! 몸 속에 알로사우루스의 피가 섞여 있다는 걸 알 텐데 어떻게 저럴 수 있지?"

"새로운 종족이라는 자부심 때문이겠지. 성으로 돌아가는 모양인데 저자들을 따라가 보자."

노빈손과 쿨쿨천사는 일정한 거리를 두고 알로인의 뒤를 따라갔다. 먹이를 놓고 한바탕 전투를 벌였던 강 하류는 진흙이었다. 여기저기 알로사우루스와 알로인의 발자국이 선명하게 새겨져 있었다.

"알로인과 알로사우루스는 발자국이 똑같아."

쿨쿨천사가 새로운 사실을 발견한 듯이 외쳤다.

"우리 발자국도 찍혔어."

노빈손은 알로인의 발자국 뒤에 나란히 찍힌 발자국을 돌아보았다.

"훗날 발견되면 학계가 발칵 뒤집어지겠네요!"

"그렇겠네."

무심코 말해 놓고 나니 문득, 왕발 교수가 생각났다. 발자국 화석을

처음 발견했을 때의 놀란 표정을 상상하니 자꾸
만 웃음이 나왔다.

"쿨쿨천사, 쥐라기 공원이라는 영화 봤어?"

생각을 환기시켜 줄 겸해서 노빈손이 물었
다.

"당연히 봤지."

"그럼 쥐라기 공원에 왜 백악기 공룡인 티라
노사우루스가 등장하는지 알아?"

"어? 그거야……."

온갖 이론에 해박한 쿨쿨천사도 선뜻 대답을
못했다.

"왜 그런지 잘 생각해 봐. 동굴로 돌아가기 전까지 맞추면 내가 영
화 한 편 보여 줄게."

"정말이지? 알았어!"

이내 생각에 잠겼는지 쿨쿨천사의 표정이 심각해졌다.

알로인은 덩치가 큰 데다 목소리도 커서 뒤를 밟는 건 그리 어렵지
않았다. 한 시간쯤 따라가다 보니 벌판 중앙에 석재와 통나무로 지어
진 거대한 성이 모습을 드러냈다. 마치 적의 침략을 막기 위해 세운
중세의 요새 같았다.

"우와! 저 건물을 저들이 손수 지었단 말이야?"

트라이아스기 공룡인간들의 성은 주재료가 통나무였는데 알로인
의 성은 석재였다.

〈쥐라기 공원〉 영화에 티라노사우루스가 등장하면 안 되는 이유

〈쥐라기 공원〉은 제목에서 알 수 있듯이 쥐라기 시대의 공룡들을 부활시킨 공원이다. 그런데 티라노사우루스는 쥐라기 다음의 지질 시대인 백악기에 번성했던 공룡이다. 하지만 영화의 흥행을 위해서 시대를 초월하여 티라노사우루스를 등장시켰을 것이다.

113

쥐라기의 낮과 밤

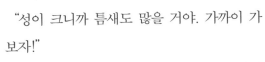

"성이 크니까 틈새도 많을 거야. 가까이 가
보자!"

노빈손이 몸을 낮추고 성으로 다가가기
위해 숲을 나섰다. 그 순간, 갑자기 하
늘에서 괴성이 들려 왔다.

깜짝 놀라 고개를 들었다. 큰 날
개를 지닌 인간이 하늘에서 날아오고
있었다. 40센티미터 정도의 날개를 가진
익룡 프레온닥틸루스와 인간의 유전자를 결
합한 공룡인간이었다. 머리가 작고 부리가 달려 있었지만 얼굴 형상
은 분명한 인간이었다.

"피해! 빈손아!"

쿨쿨천사가 외쳤다.

노빈손은 그제야 정신이 들어서 재빨리 바닥에 엎드렸다. 목표를
놓친 프레인이 허공에서 한 바퀴 빙글 돌더니 다시 날아왔다.

노빈손은 새총을 꺼냈다. 돌멩이를 먹여서 날아오는 프레인을 겨
냥했다가 손을 놓았다. 허공을 가르며
날아간 돌멩이가 프레인의 이마에
맞았다.

"카악!"

짧고 날카로운 비명을 지르며 프레
인이 땅으로 내려앉았다. 몹시
아픈지 날개에 달린 짧은
손으로 이마의 상처
를 어루만졌다. 그러나
몸집이 워낙 커서 큰 타
격을 입은 것 같지는 않
았다.

"숲으로 달아나!"

노빈손이 말하자 쿨쿨천사가 허둥
거리며 숲으로 달아났다.

그녀의 뒤를 따라가다가 무심코 하늘을 보았다. 도대체 어디에 숨
어 있었던 걸까. 프레인이 하늘을 새까맣게 뒤덮고 있었다. 마치 폭격
에 나선 비행기 편대를 보는 것 같았다.

노빈손과 쿨쿨천사는 울창한 숲을 찾아 들어갔다. 프레인은 비행
속도를 늦춰서 낮게 날아들었다. 몇몇은 아예 날개를 접고 숲을 걸어
다니기도 했다. 그들은 커다란 눈으로 사방을 두리번거리며 점차 거
리를 좁혀 왔다.

"이대로 가다가는 붙잡힐 거 같아. 내가 유인할 테니까 저기 숨
어!"

노빈손이 바위틈을 가리켰다.

익룡은 어떻게 날았을까 ?

익룡은 새처럼 날갯짓을 하
여 직접 날 수는 없다. 왜냐
하면 몸무게가 수십 킬로그
램이 나가기 때문이다. 따라
서 익룡은 높은 절벽에서 뛰
어 내려 상승 기류를 통해 글
라이더처럼 활강 비행을 한
것으로 생각된다. 그리고 익
룡의 꼬리를 살펴보면 추같
이 생긴 것이 있는데 이것으
로 방향을 조정했다고 한다.

**프레인이 뒤로 벌렁 나자빠
진 이유는 관성의 위력 때문**

관성이란 어떤 물체가 현재
의 운동 상태를 유지하려는
성질을 말한다. 갈릴레이가
처음 생각했으나 뉴턴에 의
해 그 개념이 완성되어 뉴턴
의 운동 제1법칙으로 정리되
었다. 지구나 달이 자전하고
공전하는 것도 관성에 의한
것이고, 버스를 타고 가다가
갑자기 급정거했을 때 앞으
로 넘어지려고 하는 것도 마
찬가지. 프레인이 뒤로 벌렁
나자빠진 이유도 관성 때문
이다.

"넌 어떡하려고?"

쿨쿨천사가 헤어지기 싫은지 겁먹은 눈길로
바라보았다.

"어서 가! 내 걱정 말고……."

"조심해!"

쿨쿨천사가 돌아서서 바위를 향해 다가갔다.
그 순간, 허공에서 찢어질 듯 가늘고 격한 음성
이 들려 왔다.

"저기 있다!"

노빈손은 깜짝 놀라 하늘을 올려다보았다.

날개를 활짝 편 채 허공을 선회하고 있는 프
레인이 보였다. 정찰병이었다.

숲으로 두 명의 프레인이 걸어 들어왔다. 쿨
쿨천사는 바위틈으로 숨기도 전에 그들에게 붙
잡혔다.

"빈손아!"

겁에 질린 쿨쿨천사가 비명을 질렀다.

"그 손 놓지 못해!"

노빈손이 몽둥이를 집어 들고 달려들었다.

한 명이 쿨쿨천사를 붙들고 뒷걸음질 치는 동
안 다른 한 명이 앞으로 나왔다. 노빈손은 몽둥
이를 힘껏 휘둘렀다.

그러나 프레인은 그의 적수가 아니었다. 강철판도 뚫을 것 같은 무시무시한 발톱으로 가볍게 몽둥이를 움켜쥐었다. 빼내기 위해서 빈손이 힘을 주었지만 꿈쩍하지 않았다. 프레인들이 속속 숲으로 들어왔다. 일단 몸을 피하는 게 상책이었다.

노빈손은 몽둥이를 빼내기 위해 힘을 주는 척하다가 손을 놓았다. 몽둥이를 같이 잡고 있던 프레인이 뒤로 벌렁 나자빠졌다. 그러자 노빈손이 재빨리 뒤돌아서서 도망치기 시작했다.

"빈손아, 살려 줘!"

도망가다 보니 허공에서 쿨쿨천사의 목소리가 들려 왔다.

노빈손은 하늘을 올려다보았다. 프레인 두 명이 쿨쿨천사의 팔을 양편에서 움켜쥐고 날아가고 있었다. 요새로 데려가는 듯했다.

안타깝지만 지금으로서는 달리 방법이 없었다. 일단 몸을 피하는 게 급선무였다.

쿨쿨천사야, 어디에 있니?

삼십 분쯤 달렸을까. 프레인의 추격을 어느 정도 따돌린 것 같았다. 갈증이 났다. 목이 자꾸 타들어갔다. 물소리가 들려 와서 숲으로 들어가 보니 샘물이 솟아나고 있었다.

노빈손은 샘물을 배불리 마시고 돌아섰다. 헌데 나무에 거대한 박쥐 같은 것이 여러 마리 매달려 있는 것이 아닌가! 자세히 보니 거꾸로 매달린 프레인이었다. 프레인은 몸을 빙글 회전시키며 땅으로 내려섰다.

노빈손은 덤불 속으로 달아났다. 하지만 거리는 점점 좁혀졌다. 노빈손이 주머니에서 라이터를 꺼내 옆에 있던 몽둥이에 덤불을 감아 불을 붙여 휘둘렀다.

"가까이 오지 마! 참새구이를 만들어 버릴 테니까!"

프레인은 불길 때문에 쉽게 다가서지 못했다.

숲으로 불길이 번져 갔다. 그러나 프레인은 좀처럼 물러갈 기미가 보이지 않았다.

바람 방향이 바뀌어 반대편에서 불자 불길이 노빈손을 향해서 밀려 왔다. 불길을 피해 뒷걸음질 치다 문득, 기분이 이상해서 뒤를 돌아보았다. 한 명의 프레인이 창을 들고 쏜살같이 달려들고 있었다. 피하기에는 너무 늦어 있었다. '틀렸구나!' 싶어서 두 눈을 질끈 감았다.

그때 어디선가 요란한 총성이 울렸다.

카아악!

프레인의 비명에 노빈손은 눈을 번쩍 떴다. 창을 든 프레인이 가슴을 움켜쥔 채 옆으로 쓰러졌다.

누가 총을 쏜 걸까, 싶어서 사방을 둘러보았다. 오른편에 사자와 호랑이 복면을 쓰고 사냥용 엽총을 든 두 사람이 서 있었다.

족장으로 보이는, 독수리 머리 모양의 모자를 쓴 프레인이 휘파람을 불었다. 그러자 두 명의 프레인이 날아와서 총에 맞은 동료를 양편에서 부축했다. 그리고는 서둘러 철수하기 시작했다.

숲에는 이제 세 사람뿐이었다. 노빈손은 경계를 늦추지 않았다. 어쩌면 힌들러조아 박사 일행일지도 모른다는 생각이 들었다.

"당신들은 누구죠?"

노빈손이 달아날 곳을 살피며 조심스레 물었다.

두 사람이 복면을 벗었다. 사자 복면은 뜻밖에도 금발의 미녀였다.

"난 필립 박사의 딸인 젤마예요."

호랑이 복면은 트로인인데 낯이 익었다.

"토마스?"

"아니에요. 난 은빛이란 뜻을 지닌 베르타예요."

"베르타면 여자 이름인데?"

외견상으로는 남자인지 여자인지 도무지 분간할 수 없었다.

공룡인간은 아무래도 인간보다는 파충류에 가까웠다. 포유류처럼 새끼를 낳아서 젖을 먹인다면 쿨쿨천사나 젤마처럼 가슴이 나와 있을

파충류에 젖가슴이 없는 이유

도마뱀이나 악어와 같은 파충류들은 대부분 알을 낳는다. 알에서 깨어난 새끼들은 곧바로 먹이 사냥을 하며 생존을 한다. 따라서 이들은 어미로부터 먹이를 따로 공급받을 필요가 없고, 이 때문에 어미는 새끼에게 줄 젖을 생산하는 젖가슴을 갖고 있지 않다.

텐데 밋밋한 걸로 봐서는 알을 낳는 듯했다.

젤마가 한 발 다가서며 물었다.

"이제 당신이 소개할 차례예요. 도대체 누군데 중생대에 와 있는 거죠?"

"난 미스터리 과학연구소의 직원인 노빈손이에요. 필립 박사님이 보낸 협조 메일을 받고 왔어요. 그런데 젤마 양은 어떻게 여기까지 오게 됐죠?"

"연구소가 폭파되었다는 소식을 듣고 아빠가 걱정돼서 찾아 나선 거예요. 전에 아빠하고 같이 중생대에 와 본 적이 있었거든요."

젤마는 어깨가 훤히 드러나는 옷을 입고 있었는데, 여전사처럼 발달된 근육을 지니고 있었다. 장총을 든 폼도 그럴 듯했다.

"그럼 아빠 소식을 아시겠군요?"

"필립 박사님은 힌들러조아 박사 일행을 찾아서 백악기로 가셨어요."

"아빠를 만나셨군요! 아빠는 무사하시죠?"

젤마가 반색을 하며 물었다.

"물론이에요."

"토마스는요?"

이번에는 베르타가 물었다. 표정이나 눈빛을 보니 단순히 안부를 묻는 것 같지는 않았다.

"토마스와 베르타는 연인 사이예요."

노빈손이 대답을 주저하고 있자 젤마가 설명했다.

"토마스도 잘 있더군요."

"오, 하느님!"

베르타가 두 손을 모으고 하늘을 우러러보며 기도를 올렸다. 생김새가 달라서 그렇지 애인의 생존을 확인하고 기뻐하는 인간과 조금도 다를 바 없었다.

"친구가 프레인에게 잡혀 갔어요!"

"우리도 봤어요. 정말 유감이에요."

"쿨쿨천사를 어디로 데려간 걸까요?"

"아지트로 데려갔을 거에요."

"벌판에다 돌로 지은 거대한 성 말인가요?"

"아니오. 그건 알로인의 성이에요."

"프레인의 성은 따로 있나요?"

아파토사우루스

몸길이는 27m, 몸무게는 35톤에 이르는 거대한 공룡으로 쥐라기에 활발하게 생존했다. 흔히 브론토사우루스라는 이름으로 알려졌다. 긴 채찍 같은 꼬리와 짧은 앞발을 갖고 있으며 입 앞쪽에는 긴 연필 같은 이빨이 배열되어 있는데, 이 이빨로 가지를 훑거나 잎을 따는 데 사용되었다. 과학자들은 이 공룡을 연구하면서 여러 번 실수를 했는데 이름을 잘못 붙이거나 복원 과정에서 머리를 잘못 붙이기도 했다.

"프레인과 알로인은 사이가 좋지 않아요. 둘 다 쥐라기에서 최고라는 자부심을 갖고 있거든요. 한때는 같이 지냈지만 지금은 따로따로 살고 있어요."

"쿨쿨천사를 구해야 해요! 날 그들의 성으로 안내해 줄 수 없나요?"

"안내하는 건 어렵지 않지만 그들의 성은 절벽 위에 지어져 있기 때문에 우리 힘으로는 구할 수 없어요."

"헉, 그럼 어떡하죠?"

쿨쿨천사를 구하지 못한다면 중생대를 빠져나갈 수 없었다. 노빈

공룡의 피부

화석으로 남은 공룡의 피부를 보면 대부분의 공룡이 현재의 파충류와 비슷한 비늘 피부를 갖고 있었음을 알 수 있다. 하지만 어떤 공룡은 솜털이나 깃털로 덮여 있고, 중국에서 발견된 일부 공룡의 꼬리 끝에는 부채 같은 깃털이 달려 있어 파충류와는 조금 다른 양상을 보이고 있다. 피부의 색깔은 화석으로 판단하기 어려우므로 과학자들은 현재의 도마뱀이나 악어 그리고 새 등의 피부 색깔을 참고하는 상황이다.

122

손은 가슴이 철렁했다. 무슨 면목으로 혼자 돌아간단 말인가. 그녀의 가족들은 어떻게 보며, 유별난 교수는 또 무슨 낯으로 대한단 말인가.

"방법이 아주 없는 건 아니에요."

"뭔데요?"

노빈손이 반색을 하며 물었다.

"아파인을 찾아가서 도움을 청해 보세요."

"아파인이오? 세계에서 제일 덩치가 큰 공룡인 아파토사우루스와 인간의 유전자를 배합시킨 공룡인간을 말하는 거군요?"

"맞아요!"

"그들이 도와줄까요?"

"아파인은 복제 2기 생명체 가운데 가장 실패작이에요. 덩치가 크고 힘도 세지만 초식 공룡이라서 전쟁 자체를 싫어하죠. 그들은 중립을 선언했어요. 하지만 심성이 착하니 족장을 만나 설득하면 부탁을 들어 줄지도 몰라요."

"한번 설득해 볼게요. 날 데려다 줄 수 있겠어요?"

"물론이에요! 그 대신 조건이 있어요."

젤마가 싱긋 미소를 지으며 말했다. 미소가 무척 아름다웠다.

"무슨 조건이죠?"

"나이도 비슷해 보이는데 우리 친구가 되는 게 어때요?"

"친구요? 뭐, 정 원하신다면……."

노빈손은 입이 벌어지는 것을 애써 참으며 어쩔 수 없다는 듯이 대답했다.

젤마가 손을 내밀었다. 노빈손은 그녀와 악수를 했다. 이토록 아름다운 여자가 친구라니, 꿈만 같았다.

"나하고 친구가 되면 베르타하고도 친구가 되는 거야. 베르타는 나의 둘도 없는 친구니까."

"알았어! 베르타, 만나서 반가워."

노빈손은 베르타하고도 악수를 했다. 이번에는 반대였다. 얼굴에는 억지로 미소를 지었으나 손이 미끈거려서 기분이 좋지 않았다.

아파인 마을로 길을 떠났다. 걸어가다가 하늘을 올려다보니 허공에 프레인이 떠 있었다. 날개를 활짝 편 프레인은 마치 행글라이더 같았다.

프레인은 계속 미행을 했다. 그러나 젤마의 엽총이 겁이 나는지 가까이 다가오지는 않았다. 그들의 감시를 피하기 위해 숲으로 들어갔다. 숲을 한참 걸어가다 고개를 들면 프레인이 어김없이 보였다.

"참, 한 가지 궁금한 게 있어. 왜 공룡인간들은 하나같이 독일어가 아닌 영어를 사용하지?"

"미국을 비롯한 영어권 나라와의 전쟁을 대비해서 교육을 시켰어! 아무래도 말이 통하면 전쟁을 치르기가 한결 수월할 테니까."

꼭꼭 숨어라! 보호색, 보호무늬

보호색이란 동물의 피부 등의 색깔이 주위 환경이나 배경의 빛깔을 닮아서 다른 동물에게 발견되기 어려운 색을 말한다. 호랑나비의 번데기는 주위 환경에 따라 녹색 또는 갈색으로 변하고, 들꿩의 깃털색이 여름에는 다갈색, 겨울에는 흰색으로 변한다. 특히 카멜레온은 외부의 색에 따라 재빨리 빛깔이 변하는 것으로 유명하다. 또한 자신을 보호하기 위하여 발달한 무늬를 보호무늬라 한다. 나비의 애벌레는 녹색 바탕에 눈 무늬가 있는데 이것은 실제 눈이 아니고 눈동자처럼 보이기 위한 보호무늬로 적을 속이기 위한 것.

쥐라기의 낮과 밤

"철저하군!"

"공룡인간이 최신 무기를 갖추고 전쟁에 투입되면 천하무적일 거야."

"그렇겠네. 상상만 해도 끔찍해!"

노빈손은 온몸을 부르르 떨었다.

걷다 보니 노을이 지고 있었다. 풀잠자리 몇 마리가 앞서서 날아갔다. 날개에는 공룡이나 새들의 공격으로부터 몸을 보호하기 위한, 공룡의 눈 모양과 흡사한 보호무늬가 선명했다.

"얼마나 걸어가야 하지?"

노빈손이 노을이 지는 서편 하늘을 올려다보며 물었다.

"밤새 가야 해! 아파인은 바다와 인접한 해안가에 살아. 농사도 짓고 바다에서 나는 해초류도 뜯어먹으며 살아가고 있지."

노을이 지자 어둠이 빠른 속도로 내렸다. 길을 걷기에는 다소 불편했지만 프레인의 감시에서 벗어날 수 있어 차라리 어둠이 고맙기까지 했다.

젤마는 별자리를 바라보며 길을 잡았다. 별자리가 낯익은 걸로 봐서는 북반구였다.

쥐라기에 와서 거대한 판게아 대륙은 테티스 해를 경계로 남쪽은 곤드와나 대륙, 북쪽은 로라시아 대륙으로 나뉘어졌다. 걸어갈수록 오리온자리가 가까워지는 걸로 봐서 남쪽으로 내려가고 있음을 짐작할 수 있었다.

여름철 별자리의 가장 밝은 별 가운데 하나인 백조자리 중 데네

브, 직녀성, 견우성이 또렷하게 보였다. 백조
자리 아래로 거문고자리, 반대편으로 독수리
자리가 보였는데 그 사이로 은하수가 흐르고
있었다.

트라이아스기의 밤하늘은 아름다웠는데 쥐
라기의 밤하늘은 슬펐다. 상현달 속으로 자꾸만
쿨쿨천사의 얼굴이 떠올랐다. 노빈손은 달을 올
려다보며 다짐했다.

"무서워도 참아. 내가 반드시 널 구해 줄게!"

어느새 날이 밝아 왔다. 양치류 사이로 아침
을 맞은 곤충들이 먹이를 찾아 분주히 뛰어다
녔다.

로라시아 대륙은 우산이끼, 석송, 양치류가
풍부해서 초식 공룡이 생존하기에는 더없이 좋
은 환경이었다.

걷다 보니 황폐화된 숲이 나왔다. 삼나무 잎
은 물론이고 뿌리까지 여기저기 파헤쳐져 있었

강철 꼬리, 디플로도쿠스

디플로도쿠스는 긴 목과 작
은 머리, 무게가 20톤에 이
르는 거대한 몸집으로 널리
알려진 초식 공룡이다. 쥐라
기에 번성했으며 알로사우
루스와 같은 사나운 육식 공
룡에 대항하기 위해 꼬리를
무기로 사용했다. 강한 근육
으로 가느다란 꼬리를 좌우
로 흔들었는데, 어떤 과학자
는 이 꼬리가 소리보다 빠르
게 움직여 공기를 가르는 소
리를 냈을 것으로 추정, 강
력한 무기 역할을 했다고 말
한다.

아누로그나투스

곤충이나 큰 공룡에 붙어 사
는 기생충을 잡아먹는 익룡
이다. 작은 먹이를 먹기에 편
리하도록 발달된 바늘 같은
이빨을 가지고 있다.

125

쥐라기의 낮과 밤

다. 잠시 뒤, 숲의 파괴자들인 40여 마리의 디플로도쿠스 무리가 떼
를 지어 지나갔다. 몸집이 큰 암놈이 선두에서 무리를 이끌었다.

무게가 20톤 내외인 디플로도쿠스 한 마리가 하루 동안 먹어 치우
는 식물의 양은 약 600킬로그램이었다. 그러니 숲이 온전히 남아 있
을 리 없었다.

그들의 몸 위로 매미충, 노린재, 삽주벌레 등의 벌레가 어지러이 날아다녔다. 쥐라기의 작은 익룡인 아누로그나투스가 날아다니며 곤충을 잡아먹었다. 아누로그나투스와 디플로도쿠스는 공생 관계였다.

디플로도쿠스가 강물을 건너려고 하는데 갑자기 언덕이 무너져 내렸다. 순식간에 십여 마리의 디플로도쿠스가 흙에 파묻혔다. 그들은 이제 화석이 될 터였다. 스스로 숲을 파괴한 결과였다.

아파인의 특별한 선물

바다에 닿았을 때는 해가 중천에 떠 있었다. 아파인은 바닷가에다 각자 통나무집을 짓고 살고 있었다. 몸집이 크기 때문인지 집도 어마어마하게 컸다. 그러나 집 주변에는 담장도 없고, 울타리도 없었다.

마을로 접어들자 아파인이 간간이 눈에 띄었다. 덩치가 산만했는데 목이 기린처럼 길었다. 사람에 비하면 거인이었던 알로인도 아파인에 비하면 어린아이였다.

"안녕, 젤마! 오랜만이에요."

나무 그늘에 앉아 있거나, 집을 손질하던 아파인들이 젤마를 아는지 먼저 인사를 건넸다.

마을 한가운데는 커다란 우물이 있었다. 공동으로 사용하는 우물이었다. 두레박이 엘리베이터만 했다.

아파인의 족장인 세인은 집에 없었다. 집 뒤편으로 돌아가니 넓은 호밀밭이 펼쳐져 있었다. 바람에 호밀 이파리가 파도처럼 출렁거렸다.

"중생대에도 호밀이 있었어?"

노빈손이 의아해서 물었다.

"예전에 아빠하고 들렀을 때 씨앗을 선물했어. 아파인은 농사에 재능이 있나 봐. 훌륭하게 재배에 성공했네!"

호밀은 많은 것을 만들 수 있다

터키가 원산지로 약 1.5m의 키를 가지고 있다. 밀보다 다소 길쭉하며 춥고 메마른 땅에서도 잘 자라는 강한 습성을 가졌다. 원래는 밀밭의 잡초로 여겼으나 나중에 작물로 재배하게 된 것. 가루로 흑빵을 만들고, 위스키나 맥주의 원료가 되기도 한다. 또한 간장이나 된장의 원료로도 쓰이는 등 꽤나 다양한 용도로 사용된다.

호밀밭 사이로 들어가니 비 올 때를 대비하기 위함인지 밀짚모자를 쓴 세인이 도랑을 내고 있었다.

"안녕, 세인!"

젤마가 큰소리로 인사했다.

"젤마! 오랜만이에요."

세인이 농기구를 놓고 반색하며 다가왔다. 땅이 쿵쿵 울렸다. 그러나 덩치가 크기 때문인지 동작은 그리 빠르지 않았다.

"잘 지내세요?"

"물론이죠. 요즘은 밀의 신품종 개발에 몰두하고 있어요."

"행복해 보이네요."

"아, 정말 행복해요! 이곳에 정착한 뒤로 얼마나 행복한지 몰라요.

일단, 집으로 가요."

세인이 손으로 번쩍 들어 올려 어깨에 태워 주었다. 젤마와 베르타는 왼쪽 어깨에, 노빈손은 오른쪽 어깨에 올라탔다.

집은 교회당 같았다. 문도 거대했고 천장도 높았다. 식탁은 무대처럼 널찍했는데 의자가 높아서 도저히 앉을 수가 없었다. 세인이 번쩍 들어서 아예 식탁 위에다 올려주었다.

"호밀을 재배해서 만든 빵이에요. 맛을 좀 보세요."

세인이 커다란 흑빵을 앞에 놓아 주고 찻잔에다 차를 따랐다. 찻잔의 크기가 30인치 텔레비전만했다. 노빈손의 큰 머리가 다 빠질 지경이었다.

"고마워요, 세인. 이쪽은 내 친구 노빈손이에요."

"세인, 만나서 기뻐요!"

"저도요. 차린 건 없지만 많이 드세요."

세인이 약간은 바보스러워 보이는 천진난만한 미소를 지으며 말했다.

노빈손은 배가 몹시 고팠던 터라 빵을 뜯어먹었다. 다소 밀가루가 거칠기는 했지만 먹을 만했다.

차는 맛이 어떨까 궁금했다. 차를 마시려면 자리에서 일어나야 했다. 찻잔 안에 머리를 들이밀고 한 모금 마셨다. 차인 줄 알았는데 흑

맥주였다. 흑맥주 특유의 냄새가 코를 톡 쏘았다. 앗, 이런. 말숙이가 술 마시지 말라고 했는데. 말숙이의 화난 표정이 아른거렸다. 더불어 말숙이와 친하게 지냈던 쿨쿨천사의 얼굴도.

"세인, 한 가지 어려운 부탁을 하러 왔어요."

젤마가 먼저 입을 열었다.

"뭔데요? 내가 들어 줄 수 있는 일이라면 들어 줄게요."

"우리의 친구가 프레인에게 잡혀 갔어요. 그녀를 구해야 해요. 아파인이 도와주었으면 해요."

"그녀는 당신에게 어떤 사람인가요?"

세인이 젤마에게 물었다. 젤마가 선뜻 대답하지 못하고 망설였다. 노빈손이 대신 대답했다.

"쿨쿨천사는 나에게 소중한 사람이에요."

"어느 정도로 소중하죠?"

"풀과 나무가 없으면 세인도 살아갈 수 없듯이 나도 마찬가지예요. 그녀가 없으면 살아갈 수 없어요! 그녀와 나는 맺어진 인연이에요. 그렇다고 한 남자로서 그녀를 사랑한다는 뜻은 아니에요! 단지 한 세상을 살아나가는 데 있어서 없어서는 안 될 소중한 동반자라는 거죠. 그런 경험을 해 본 적이 있는지 모르겠지만…… 인연으로 맺어진 누군가를 잃는다는 건 슬픈 일이에요."

노빈손은 세인의 두 눈을 바라보며 말했다.

세상을 먼저 떠난 누군가를 떠올린 걸까, 마음이 여리기 때문일까. 세인의 큰 눈에서 그렁그렁한 눈물이 차올랐다.

"물론 그녀와 항상 사이가 좋았던 것은 아니에요. 자기가 싸 온 김밥을 하나도 먹지 않고 나에게 주었을 때는 천사 같았지만 위석을 내 이마에다 던지고, 내가 잡은 물고기를 세 마리나 먹어치웠을 때는 마녀 같았어요! 나를 방귀대장인 플라케이아스에다 비유했을 때는 정말이지 절교하려고까지 생각했어요! 그런데 그녀와 헤어지고 나서야 알았어요. 아무리 친한 사이라 해도 항상 좋을 수는 없다는 것을…… 그녀와의 지난날들이 모두 소중한 추억이라는 것을…… 세인, 도와줘요. 그녀가 보고 싶어요! 제발……."

어떤 부분이 세인의 감정을 자극한 걸까. 갑자기 세인이 입을 떠억 벌리고 큰 소리로 울었다. 천둥이 치는 것 같았다.

"으앙! 너무 슬퍼요!"

세인은 손등으로 하염없이 흐르는 눈물과 콧물을 훔쳤다. 마치 예닐곱 살 된 어린아이 같았다.

노빈손과 젤마, 베르타는 손바닥으로 귀를 틀어막았다. 세인의 목소리가 쩌렁쩌렁 울려서 고막이 터질 것만 같았다.

한참 뒤, 세인이 울음을 그쳤을 때는 식탁이 눈물로 흥건했다. 세인이 슬픔 가득한 눈길로 바라보았다.

"뭐라고 위로의 말을 해야 할지 모르겠군요. 하지만 미안해요. 우린 도와 줄 수가 없어요."

"왜죠?"

노빈손이 풀이 죽어서 물었다.

"사로잡힌 여자친구를 구하려면 프레인과 전쟁을 치러야 해요. 우리는 이곳으로 이주해 오면서 약속했지요. 어떤 전쟁도 치르지 말자고."

"한 번만 도와주면 안 될까요?"

"그건 내 마음대로 결정할 수 없어요. 부족회의를 열어 투표에 부쳐야 하는데 결과는 뻔해요. 괜한 시간 낭비예요."

"해 보지도 않고 어떻게 알아요?"

"전쟁을 치르려면 부족회의에서 백 퍼센트 찬성을 얻어야 해요. 우린 중요한 문제를 결정할 때마다 투표를 해 왔는데 지금까지 어떤 안건도 칠십 퍼센트 이상의 찬성을 얻어 본 적이 없어요."

노빈손은 낙담했다. 다른 것도 아닌 전쟁이었다. 부족회의를 열어 봤자 평화를 사랑하는 아파인이 백 퍼센트 찬성해 줄 리 없었다.

거미의 조상, 투구게

투구게는 머리가슴·배·꼬리의 3부분으로 되어 있으며 몸길이는 약 60cm에 이른다. 고생대 캄브리아기의 삼엽충과 비슷한 유생기를 거친, '살아 있는 화석'으로 알려져 있다. 촉각이 없는 점과 혈액의 성분이 거미류에 가까워 거미의 조상으로 추정한다. 현재 중국과 일본 남부 연안에 분포하고 있으나 점점 그 개체수가 줄고 있다.

리오플레우로돈

리오플레우로돈은 단도와 같은 이빨과 강력한 턱을 이용하여 바다의 파충류와 어류를 잡아먹었던 쥐라기의 초대형 어룡이다. 완전히 자랐을 때는 길이가 25m에 이르고 무게는 150톤에 육박했던 것으로 추정하고 있다. 그러나 백악기가 시작될 무렵에는 4m 정도로 축소된 종을 마지막으로 멸종했다.

132

"친구분을 구하는 데 직접 도와줄 수는 없지만 그 대신 뗏목과 밧줄을 구해 줄 수는 있어요."

"우리끼리 어떻게 해 보라고요?"

노빈손은 원망스레 올려다보았다. 세인이 천천히 고개를 끄덕였다.

"프레인의 성은 벼랑 끝에 세워져 있어요. 접근하는 방법은 두 가지예요. 하나는 육지를 통해서 정문으로 들어가는 거고 다른 하나는 바다를 통해서 벼랑을 타고 들어가는 거죠. 육지 쪽으로는 감시가 심하지만 바다 쪽은 벼랑을 등지고 있어서 감시가 소홀해요. 운이 좋다면 성공할 수도 있어요."

"그래요? 그렇다면 시도해 보자! 내가 도와줄게."

"나도 도와줄게!"

세인의 말이 떨어지기 무섭게 젤마와 베르타가 차례대로 말했다.

"고마워! 쿨쿨천사를 구해 낸다면 은혜는 잊지 않을게."

"괜찮아. 우린 친구잖아."

젤마가 어깨를 치며 빙긋 웃었다.

다음날 세인은 뗏목과 밧줄, 빵과 물을 구해 주었다. 뗏목은 예상했던 것보다 훌륭했다. 햇볕이나 프레인의 감시를 피할 수 있게끔 지붕까지 얹어져 있었다.

모래사장에는 거미의 조상인 투구 게가 부지런히 돌아다니고 있었다. 노빈손은 일행과 함께 뗏목을 향해 다가갔다.

세인이 바다로 걸어 들어가더니 손으로 번쩍 들어 젤마와 베르타, 노빈손을 차례대로 뗏목에 실어 주었다.

"이걸 갖고 가세요."

세인이 노빈손의 목에다 커다란 진주 목걸이를 걸어 주었다.

"이건 뭐죠?"

"바다의 지배자는 리오인이에요."

"리오인이라면 혹시 중생대 바다에서 몸집이 제일 큰 육식 파충류인 리오플레우로돈과 인간의……."

노빈손이 젤마를 돌아보며 물었다. 그녀가 순순히 고개를 끄덕였다. 이제 공룡인간의 이름만 들어도 알 것 같았다.

"바다에서 그들을 만나면 그 누구도 살아남지 못해요. 만약 리오인을 만나 위기에 처하면 목걸이를 그들에게 던지세요."

"도대체 이게 뭔데……."

노빈손은 선뜻 이해가 되지 않아 목걸이를 내려다보았다. 아름답기는 했지만 특별해 보이지는 않았다.

"얼마 전에 리오인의 족장 아들이 부상을 입고 바닷가로 떠밀려온 적이 있었어요. 내가 발견하고 집으로 데려가 치료해 주었죠. 그가 바다로 돌아가면서 우정의 선물로 준 거예요."

암모나이트는
진화론의 증거물

암몬 조개라고도 하는데, 고생대 말기에 출현하여 중생대에 번성했다. 대부분 육식성이며 현재의 앵무조개와 비슷하다. 껍데기는 나선형의 고리로 감겨 있고, 크기가 다양하여 지름 2cm에서 최대 2.5m에 이르는 큰 것도 있다. 진화론을 증명하는 좋은 자료가 된다. 공룡과 함께 멸종했다.

에우스트렙토스폰딜루스

'잘 빠진 척추동물'이라는 뜻의 이름에 걸맞게 몸길이 7m에 몸무게 220kg의 날씬한 몸매를 가진 공룡이다. 쥐라기에 번성했으며, 해변에 살면서 주로 썩은 고기를 먹이로 삼았다. 영국에서 화석이 발견되었다.

134

"고마워요, 세인. 이렇게 소중한 물건을 주다니……."

"행운을 빌게요!"

세인이 뗏목을 밀어 주고는 손을 흔들었다.

뗏목이 바닷물을 가르고 앞으로 나아갔다. 젤마와 베르타가 부지런히 노를 저었다.

중생대의 바닷물은 밑이 훤히 보일 정도로 투명했다. 새우 떼도 보였고, 간간이 오징어 떼도 보였다. 햇볕을 받아서 하얗게 보석처럼 빛나는 산호초도 보였다. 산호초 주변에는 달팽이 모양의 암모나이트가 널려 있었다.

세인이 그려 준 항해 지도를 보며 노를 저어 나갔다. 해안가를 벗어나 거대한 암초인 '슬픔의 바위'를 넘어갔다.

젤마와 베르타는 노 젓기를 멈췄다. 해류를 타고 뗏목이 흘러갔다. 세인의 말대로라면 해가 떨어지기 전에 도착하리라.

바다 한가운데로 나가니 바람 한 점 불지 않았다. 젤마와 베르타가 속옷만 남겨 놓고 옷을 벗었다. 젤마의 다리는 눈처럼 희었고 베르타

에구머니!

꼬꽈

꺅!

의 다리는 미끄러웠다.

　노빈손도 더워서 웃옷을 벗었다. 올챙이처럼 볼록한 배가 재미있
는지 젤마와 베르타가 까르르 웃었다.

　언제 왔는지 뗏목 주위로 상어 두 마리가 보였다. 놈들은 좀처럼 사
라지지 않고 뗏목 주변을 빙글빙글 돌았다.

　"쫓아 버려야겠어."

　젤마가 신경이 쓰이는지 엽총을 겨눴다.

　"안 돼!"

　노빈손이 미처 만류하기도 전에 '탕!' 소리와 함께 총알이 날아갔

다. 상어의 몸에 제대로 박혔는지 물거품이 일었다. 이어서 바닷물이 붉게 물들었다.

잠시 뒤, 우려했던 일이 벌어졌다. 바다의 청소부라 불리는 에우스트렙토스폰딜루스가 나타났다. 몸길이는 5미터 정도였는데 흉측하게 생긴 파충류였다. 한 마리가 아니라 여러 마리였다. 그들은 순식간에 죽어가는 상어를 먹어 치웠다.

그러나 그것은 시작에 불과했다. 물보라와 함께 엄청난 크기의 어룡이 모습을 드러냈다. 중생대의 바다에서 가장 큰 육식 파충류인 리오플레우로돈이었다. 머리 크기만 무려 4미터가 넘었다.

에우스트렙토스폰딜루스가 일제히 달아나기 시작했다. 리오플레우로돈이 달아나는 놈들 중에 한 마리를 물고서 물 속으로 들어갔다. 물보라가 튀었고, 그 바람에 뗏목이 뒤집어질 듯이 출렁거렸다.

모든 게 끝났나 싶었는데 또 한 번 뗏목이 휘청거리며 뒤로 밀렸다. 리오플레우로돈이 다시 모습을 드러냈다. 입을 떠억 벌리는데 흉측한 이빨 사이에 붉은 고기가 끼어 있었다.

"꺼져!"

젤마가 기겁을 해서 엽총을 쏘았다.

총알이 몸에 맞자 리오플레우로돈이 고통스러운 신음을 토하며 물속으로 모습을 감추었다.

"휴우!"

노빈손은 놀란 가슴을 쓸어내렸다.

바다는 다시 잠잠해졌다. 그러나 미처 한숨 돌릴 사이도 없이 뗏목이 하늘 높이 솟구쳤다. 바다 밑에서 성난 리오플레우로돈이 뗏목을 머리로 들이박은 것이었다. 뗏목이 뒤집혔고, 셋 모두 허공으로 솟구쳤다가 바닷물 속으로 곤두박질쳐졌다.

노빈손은 개헤엄을 치며 주변을 돌아보았다. 저 멀리서 헤엄치고 있는 젤마와 베르타가 보였다. 갑자기 젤마의 눈동자가 커진다 싶었는데 고함이 들려 왔다.

"피해!"

노빈손은 얼떨결에 고개를 돌렸다. 리오플레우로돈이 입을 떠억 벌리고 달려들고 있었다. 먹히면 끝장이었다. 노빈손은 숨을 잠시 멈추고 혼신의 힘을 다해 잠수했다. 가까스로 공격을 피해 밖으로 나왔다.

리오플레우로돈이 이번에는 젤마를 향해 달려들었다. 도와줄 방법이 없을까 싶어서 사방을 두리번거리는데, 물 위로 고개를 내밀고 있는 한 무리의 정체 모를 자들이 쳐다보고 있는 게 아닌가! 그들은 마치 포세이돈처럼 삼지창을 들고 있었다.

"리오인? 도와줘요!"

노빈손은 목걸이를 벗어서 하늘 높이 던졌다.

나뭇잎처럼 물 위에 떠 있던 그들 가운데 한 명이 꼬리지느러미로 물을 박차고 허공으로 날아올라 손으로 목걸이를 받았다. 목걸이를 확인한 리오인이 바닷물로 떨어지기 직전 휘파람을 불었다.

갑자기 리오인의 움직임이 빨라졌다. 젤마는 리오플레우로돈에게 먹히기 일보직전이었다. 여러 개의 창이 바람을 가르고 날아갔다. 참혹한 비명과 함께 리오플레우로돈이 최후를 맞이했다.

**해안 절벽은 어떻게
생기는 걸까?**

해안으로 밀려오는 파도는
오랜 기간에 걸쳐 해안의 비
교적 약한 부분을 깎아낸다.
이때 해식 동굴이 형성되는
데, 오랜 시간이 지난 후 동
굴 위의 무거운 암석층이 중
력에 의해 무너져 내리면 해
안 절벽이 형성된다.

"미안해, 친구! 진작 도움을 청하지 않고."

진주 목걸이를 목에 건 리오인이 노빈손에게 다가오며 말했다.

리오인은 뒤집힌 뗏목을 바로 세워 주고는 리오플레우로돈의 사체를 끌고서 유유히 바다 속으로 사라졌다. 끔찍한 악몽을 꾼 기분이었다.

쿨쿨천사 구하기 대작전

 뗏목이 프레인의 성 가까이 도착한 것은 노을이 질 무렵이었다. 깎아지른 벼랑 끝에 세워진 프레인의 성은 공략할 수 없는 천혜의 요새처럼 보였다.

해가 떨어지기를 기다리는 동안, 뗏목이 해류에 의해 절벽 가까이 떠내려가지 않도록 반대편으로 노를 저었다.

수평선 너머로 태양이 모습을 감추자 어둠이 빠르게 내렸다. 별이 떠올랐지만 달은 구름에 가려 모습을 드러내지 않았다. 밤이 깊어지자 하늘의 별들도 하나, 둘 모습을 감추었다.

프레인이 잠들기를 기다렸다가 뗏목을 벼랑에 댔다. 그리고는 뗏목이 바닷물에 떠내려가지 않도록 바위에다 단단히 묶었다.

"그나저나 저길 무슨 수로 올라가지?"

벼랑 끝을 올려다보고 있으니 절로 한숨이 나왔다.

"내가 먼저 올라갈게."

베르타가 밧줄 한쪽을 허리에다 묶고서 해안 절벽을 오르기 시작했다. 마치 한 마리 도마뱀처럼 능숙한 몸놀림이었다. 정상에 오른 베르타가 바위에다 밧줄을 묶고 돌멩이를 떨어뜨려 신호를 보냈다.

젤마가 먼저 올라가고 그 뒤를 노빈손이 따라갔다. 젤마는 밧줄을 타고 손쉽게 올라갔다. 그러나 노빈손은 진땀을 흘려야 했다.

"헥헥, 다이어트 좀 해야겠어! 말숙이와 붙어 다니며 군것질을 했더니 살이 너무 쪘나봐…… 아이고 힘들어."

노빈손은 벼랑 중간쯤에서 잠시 숨을 돌렸다.

성에는 불이 모두 꺼져 있었다. 보초병이 보이지 않았다. 천혜의 요새이다 보니 방심한 모양이었다.

성으로 들어가는 출입문에도 보초병이 없었다. 노빈손이 앞장서서 성 안으로 들어갔다. 왼편에 돌로 쌓아 올린 거대한 건물이 있었다. 마치 그리스 신전을 연상시켰다. 세인의 설명에 의하면 그곳은 족장과 친족들이 사는 궁전이라고 했다.

"다들 어디 간 거지? 너무 조용하니까 기분이 이상해."

베르타가 고개를 갸웃거렸다.

"초저녁에 성대한 파티를 연 건 아닐까? 아마 배가 터지게 먹고서 모두들 곯아떨어진 걸 거야. 아, 부럽다!"

노빈손은 편리한 대로 해석하고 외따로 떨어진 허름한 건물로 다가갔다. 문이 꼭 닫혀 있었다. 틈새로 들여다보니 쿨쿨천사가 보였다. 그녀는 밧줄에 묶인 채 잠이 들어 있었다. '쿨쿨' 코고는 소리가 요란하게 들려 왔다.

"속도 편하군! 언제 죽을지 모르는 판국에 태평스레 잠을 자다니 ……. 정말 못말려!"

문은 밖에서 빗장을 걸게끔 되어 있었다. 노빈손은 빗장을 열고 감옥 안으로 살그머니 들어갔다.

"일어나, 쿨쿨천사!"

몸을 흔들자 쿨쿨천사가 눈을 떴다. 그녀는 졸음 가득한 눈으로 바라보다가 스르르 눈을 감았다. 꿈을 꾸고 있는 중인지 혼잣말을 중얼거렸다.

"미안해, 빈손아! 앞으로는 네가 먹는 음식 절대로 뺏어먹지 않을 테니까 나 좀 그만 괴롭혀."

"알면 됐어! 나도 가급적이면 쿨쿨천사 앞에서 먹는 거 밝히지 않을게."

노빈손은 뒤로 돌아가서 기둥에 묶인 밧줄을 끌렀다.

"그게 내 뜻대로 될지는 모르겠지만."

"어, 빈손아? 어떻게 여기까지……."

그제서야 잠이 깨는지 쿨쿨천사가 눈을 번쩍 떴다.

"쉿!"

"저분들은 누구야?"

문가에 서성이는 젤마와 베르타를 발견했는지 쿨쿨천사가 물었다.

"일단 나가서 이야기하자."

노빈손은 쿨쿨천사의 손을 잡고 감옥을 나섰다.

사방을 살피며 들어왔던 문으로 다가갔다. 이때 갑자기 위에서 돌문이 스르르 내려왔다. 모두들 깜짝 놀라 뒤를 돌아보았다.

성벽 여기저기서 일제히 횃불이 켜졌다. 숨어 있던 프레인이 창과 방패를 들고서 모습을 드러냈다.

"어리석은 놈들! 초저녁부터 너희들을 기다렸다!"

독수리 머리 모양의 모자를 쓴 족장이 건물에서 걸어 나오며 말했다.

"함정이었구나!"

노빈손은 딱 벌어진 입을 다물지 못했다.

"잡아라!"

족장이 명령했다.

성곽에서 창과 방패를 든 프레인이 날아왔다. 젤마가 허공에다 엽총을 한 발 쏘았다.

"다가오지 마!"

총소리에 놀란 프레인이 허공에서 멈춰 섰다.

"살고 싶다면 무기를 버려라!"

족장이 오른손을 들어 올리며 소리쳤다. 그러자 족장의 뒤편에서 수많은 궁수들이 달려와 일제히 화살을 겨눴다.

"어떡하지?"

젤마가 겁먹은 음성으로 물었다.

엽총 한 자루로 저들을 물리칠 수는 없는 노릇이었다. 그렇다고 순순히 포로가 되자니 억울했다. 노빈손은 될 대로 되라는 심정으로 젤마의 엽총을 뺏어 들고 족장을 겨눴다.

"쏠 테면 쏴라! 그 전에 난 너를 죽이겠다!"

놀란 족장이 뒷걸음질 쳤다.

"움직이지 마! 한 발만 움직여도 쏠 테다!"

노빈손이 엽총을 겨눈 채 족장에게 한 발 다가섰다.

"내가 죽으면 너도 죽는다는 걸 모르느냐?"

"물론 나도 죽겠지! 하지만 나보다 네가 먼저 죽는다는 걸 명심해라."

노빈손은 족장을 노려보았다. 치열한 눈싸움을 하고 있는데 갑자기 성 안으로 불화살과 집채만한 돌맹이가 날아들었다.

"아파인이다! 아파인이 쳐들어 왔다!"

프레인이 우왕좌왕하며 어쩔 줄 몰라 했다. 그들은 일제히 성곽으로 날아올라 밖을 내다보았다. 족장도 뒷걸음질 치더니 성곽으로 날아올랐다.

"지금이 기회야!"

노빈손 일행은 프레인의 정신이 딴 데로 쏠려 있는 틈을 타서 성문을 향해 달려갔다.

성문은 도르래 식으로 되어 있었다. 옆에 있는 손잡이를 돌리자 돌문이 스르르 올라갔다.

밧줄을 타고 내려가려고 절벽 밑을 내려다보았다. 타고 온 뗏목이 보이지 않았다. 그 사이에 프레인이 치워 버린 모양이었다.

"이제 어떡하지?"

젤마가 걱정스런 눈길로 바라보았다.

"성벽을 타고 정문 쪽으로 가자!"

노빈손이 앞장서며 말했다.

이제는 달리 선택의 여지가 없었다. 성벽에 바짝 붙어서 걸음을 옮겼다. 발 아래는 깎아지른 절벽이었다. 한 발만 잘못 디뎌도 황천행이었다.

정문으로 다가갈수록 점점 커다란 함성이 들려 왔다. 발 아래만 내려다보며 걷다가 고개를 들었다. 성을 향해 무수한 불화살과 돌멩이가 날아들고 있었다.

절벽을 타고 정문 앞으로 돌아가자 오십여 미터 전방에 서 있는 아파인이 보였다. 그들은 한 손에는 거대한 나무 방패를, 한 손에는 돌칼을 들고 있었다.

"셋을 세면 다 같이 뛰는 거야!"

노빈손이 숫자를 세었다.

"하나, 둘, 셋!"

모두들 아파인의 진영을 향해서 달려가기 시작했다. 그때 허공에서 밤공기를 찢는 날카로운 외침이 들려 왔다.

"침입자들이 달아난다! 저들을 처치하라!"

노빈손은 깜짝 놀라 허공을 보았다.

궁수들이 성곽에서 일제히 화살을 쏘았다. 무수한 화살이 날아왔다. 피하기에는 화살이 너무 많았다.

이제는 정말 죽는구나, 하는 생각이 들자 머릿속으로 아빠, 엄마, 말숙의 얼굴이 스쳐 지나갔다. 그러나 일단 쿨쿨천사를 살려야겠다는 생각이 들었다. 그녀가 아버지를 만나기 전에 죽으면 안 된다. 노빈손은 몸을 날려 쿨쿨천사를 끌어안았다.

몸에 화살이 꽂혀야 정상인데 이상하게도 잠잠했다. 눈을 떠 보니 세인이 방패로 날아오는 화살을 막고 있었다.

"내 어깨로 올라와요!"

쿨쿨천사를 끌어안고 있는데 몸이 허공으로 붕 떠올랐다. 세인은 오른쪽 어깨에다 노빈손과 쿨쿨천사를 내려놓았다. 왼쪽 어깨에는 젤마와 베르타가 타고 있었다.

"세인, 어떻게 여기까지?"

"당신들이 떠나간 뒤에 부족회의를 열었어요. 우린 모두 당신들의 우정과 용기에 감동했어요! 백 퍼센트 찬성이라니, 이건 기적이에요!"

커다란 방패로 날아오는 화살을 막으며 세인이 뒷걸음질 쳤다.

"이제 모두 철수하라!"

세인이 돌칼을 휘두르며 소리쳤다.

아파인이 몸을 돌렸다. 그러나 프레인은 아파인들이 순순히 물러나도록 놓아두질 않았다.

"단 한 놈도 살려 보내지 마라!"

악에 받친 프레인 족장이 고함을 질렀다.

프레인이 날개를 펴고 일제히 하늘로 날아올랐다. 달아나려는 아파인을 향해 창과 칼을 들고 달려들었다. 아파인은 돌칼을 휘둘러 그들을 물리쳤다.

조금씩 뒤로 물러나면서 힘겨운 전투를 치르고 있는데 갑자기 뒤쪽에서 아파인의 비명과 함께 웅성거리는 소리가 들려 왔다.

하늘을 날아다니던 프레인이 함성을 질렀다.

"알로인이 왔다! 우리를 돕기 위해 알로인이 왔다!"

노빈손은 세인의 어깨 위에 서서 뒤를 돌아보았다. 알로인이 새까맣게 모여들고 있었다. 손에는 날카로운 창이 들려 있었다.

아파인은 앞뒤로 꽉 막힌 꼴이었다. 옆은 깎아지른 벼랑이어서 달아날 길도 없었다.

시간이 지나면서 전쟁은 점점 치열해졌다. 알로인은 빠르고 용감했다. 그들은 죽음을 두려워하지 않았다. 창을 들고 돌진해 왔다. 창에 찔려 벼랑으로 떨어지는 아파인이 점점 늘어갔다.

"일단 여기서 피하고 봅시다. 내가 길을 터 볼 테니 꽉 잡아요!"

세인이 돌칼을 휘두르며 말했다.

노빈손은 중심을 잃지 않기 위해 그의 목을 잡았다. 세인이 돌칼을 휘두르며 적진을 향해 달려갔다.

알로인도 물러서지 않았다.

세인은 수없이 많은 알로인과 싸우며 한 발 한 발 앞을 향해 나아갔다. 가까스로 알로인의 포위망을 뚫고 나오자 하늘에서 천둥 번개가 치기 시작하더니 장대비가 쏟아졌다.

"모두들 잘 가요."

절벽 밑에다 내려 주며 세인이 말했다. 몹시 피곤해 보였다.

"우리 때문에 전쟁을 치르다니…… 어떻게 고마움을 표현해야 될지……."

노빈손은 눈물을 글썽이며 세인을 올려다보았다.

"잘들 가세요. 소중한 우정, 오랫동안 간직하고!"

세인은 미소를 띠고는 돌아서서 전쟁터를 향해 달려갔다. 그의 목에 매달려 있을 때는 몰랐는데 세인의 몸에는 무수히 많은 창과 화살이 꽂혀 있었다.

숲으로 들어가려다가 노빈손은 고개를 들고 절벽을 올려다보았다.

번개가 칠 때마다 벼랑 끝에서 프레인, 알로인과 치열하게 싸우고 있
는 아파인의 모습이 언뜻언뜻 보였다.

　　동굴까지 가는 동안 아무도 말을 하지 않았다. 쏟아지는 빗속에서
묵묵히 걸음을 옮겼다. 모두들 아파인의 고귀한 희생을 생각하고 있
었다.

깜깜한 어둠 속임에도 불구하고 베르타는 어렵지 않게 동굴을 찾아냈다. 동굴 입구에서 노빈손은 걸음을 멈췄다.

어쩌면 세인이 죽을지도 모른다는 생각이 들었다. 가슴에서 뜨거운 것이 용솟음쳤고, 눈물이 하염없이 흐르기 시작했다.

노빈손은 돌멩이를 집어 들고 벽에다 미친 듯이 그림을 그렸다. 세인의 어깨에 올라탄 인간의 모습을 그리려 했는데 그려 놓고 나니 아파인이 아닌, 아파토사우루스와 닮아 있었다.

돌멩이를 내려놓자 쿨쿨천사가 다시 집어서 그 아래에다 글씨를 새겨 넣었다.

'고마워요, 세인!'

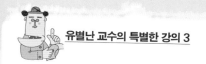

공룡이 살았던 시대는 어떤 모습이었을까?

쥐라기

● **시기 :** 약 2억 8백만 년 전부터 1억 4천5백만 년 전까지.

● **주위 환경 :** 판게아는 쥐라기에 접어들면서 북쪽의 로렌시아(Laurentia) 대륙과 남쪽의 곤드와나(Gondwana) 대륙으로 분리됐는데, 기후가 따뜻하고 강수량이 증가해서 아주 습해졌지. 이러한 자연 조건 때문에 양치식물과 은행나무 등으로 이루어진 거대한 숲이 발달했어.

그러자 대륙들이 분리되면서 바다가 생겨났지. 온난다습한 기온은 대륙 내부까지 퍼지면서 침엽수, 소철 등으로 숲이 점점 더 우거져 갔고 이러한 기후는 모든 식물이 번성할 수 있는 최적의 조건이 되었단다. 쥐라기

후기로 갈수록 얕은 바다가 차츰 늘어났고 속씨식물이 자라기 시작했어.

쥐라기는 말 그대로 공룡의 전성시대! 무성한 삼림의 발달로 목이 긴 새로운 공룡이 진화했고 이들은 높은 곳의 나뭇잎들을 먹어치움으로써 쥐라기 생태계를 지배했단다. 다양한 형태와 크기로 진화한 공룡들은 자신들이 점유할 수 있는 땅 구석구석까지 확보하면서 서식지를 넓혔지. 거대한 공룡들이 무리 지어 다니며 광활하게 널린 식물들을 먹는 모습, 상상해 봐. 한 편의 신나는 영화 같지?

● **공룡 :** 풍부한 삼림을 먹이로 한 거대한 초식 공룡 브라키오사우루스, 아파토사우루스 등이 살았고, 알로사우루스나 스테고사우루스 등의 육식 공룡이 번성했다. 또한 하늘에는 프레온닥틸루스와 같은 익룡이 날아다녔고, 후기에는 가장 원시적인 새인 시조새가 출현했다.

아파토사우루스 Apatosaurus 예전에는 브론토사우루스로 알려졌던 용각류 공룡이다. 두꺼운 목과 잘 발달된 갈비뼈가 특징. 크고 곧은 다리가 발달되어 있고, 엄지발톱이 안쪽을 향해 있다. 최대 길이 27미터.

알로사우루스 Allosaurus 쥐라기의 폭군, 사자라는 별명을 가진 알로사우루스는 육식 공룡 중 가장 크고 가장 흔한 종이다. 앞발 끝에 갈고리 모양의 길다란 발톱이 나 있는 잽싸고 힘 센 사냥꾼으로, 본격적으로 용각류 공룡들을 공격하며 대량의 육류를 섭취했다. 최대 길이 12미터, 몸무게는 3톤.

4. 아, 백악기

화산 폭발의 예감

 동굴을 빠져나오니 초원이었다.

화려한 꽃들이 피어 있고, 벌과 나비가 꽃밭을 유유히 날아다녔다. 하늘에는 양떼구름이 끝없이 펼쳐져 있었다.

처절한 전쟁터의 열기 때문일까. 백악기가 더없이 평화로워 보였다.

"티라인의 탄생을 막아야 해! 더 이상의 전쟁은 싫어!"

쿨쿨천사가 눈 앞에 펼쳐진 백악기의 풍경을 취한 듯 바라보다 불쑥 소리쳤다.

"그래! 우리가 힘을 합쳐서 티라인의 탄생을 막아내자."

노빈손은 두 주먹을 불끈 쥐었다.

걷다 보니 오리 모양의 주둥이를 지니고 있다고 해서 오리주둥이 공룡이라 불리는 아나토티탄 무리가 햇볕 아래서 낮잠을 즐기고 있었다.

"젤마, 저게 뭐지?"

노빈손은 줄기 끝에 작고 하얀 꽃이 피어 있는 관목을 가리켰다.

"프로토안투스야!"

"번식력이 왕성한가 봐. 지천으로 깔려 있네!"

"프로토안투스는 새로운 방식으로 진화에 성공했어."

"어떻게?"

"대부분의 식물들은 초식 공룡의 먹이가 되지 않으려고 몸에 가시를 키우거나 독성을 지니지. 그런데 프로토안투스는 가시나 독성을 키우지 않고 스스로 공룡이 좋아하는 먹잇감이 된 거야. 공룡들은 배불리 먹고 이동하면서 배설을 하였고, 그 덕분에 프로토안투스는 넓은 지역에 씨를 뿌릴 수 있게 되었지."

"단순히 먹고 먹히는 관계가 아닌 공생 관계를 이룬 거로군."

"그래! 사람과 자연도 공생 관계가 되어야 해."

노빈손은 고개를 끄덕였다. 젤마의 말이 가슴 깊숙이 와 닿았다.

숲은 녹색의 지의류와 이끼가 온통 뒤덮고 있었다. 건기가 아닌 우기임을 알려 주는 증거였다.

단단한 갑옷으로 무장한 공룡 한 마리가 카펫처럼 깔린 지의류를 뜯어먹고 있었다. 꼬리에는 단단한 공 모양의 뭉치가 달려 있었다. 백악기에 번성했던 초식 공룡인 안킬로사우루스였다.

"훌륭한 갑옷을 걸치고 있군. 저 꼬리에 매달린 곤봉에 맞으면 육식 공룡도 다리뼈가 부러지겠는 걸!"

쿨쿨천사가 안킬로사우루스를 살피며 말했다.

"그렇겠지! 그러니까 저렇게 여유롭게 식사를 하는 거겠지."

거대한 오리 공룡, 아나토티탄

아나토티탄은 백악기 말기에 번성했던 초식 공룡으로 오리 모양의 부리를 가지고 있고 몸길이는 약 10m, 몸무게는 2톤에 이르러 '거대한 오리'라는 뜻의 이름을 가졌다. 미국 서부 지역에서 화석이 발견되었는데, 이빨의 수가 매우 많아 약 1천여 개에 이르고 강력한 뒷다리가 발달했다.

힘 센 초식 공룡, 안킬로사우루스

안킬로사우루스는 백악기 말기에 살았던 초식 공룡으로 몸길이는 10m 내외이고, 몸무게는 약 4톤에 이르렀다. 머리뼈가 매우 넓고 튼튼하며, 꼬리에 곤봉 모양의 강력한 피부로 둘러싸인 뼈 돌기가 있어 티라노사우루스와 같은 육식 공룡의 공격에 대항한 것으로 추정된다.

아, 백악기

노빈손은 안킬로사우루스가 부러웠다.

마지막 식사를 언제 했는지 기억도 나지 않았다. 뱃속에서는 연신 꼬르륵거리는 소리가 들려 왔다.

"아빠는 도대체 어디 계신 걸까?"

젤마가 주변을 살피며 걱정스레 물었다.

"힌들러조아 박사 일행이 티라노사우루스의 알을 가져가는 걸 막겠다고 하셨으니 티라노사우루스를 찾는 게 빠르지 않을까?"

노빈손이 말했다.

"좋아! 일단 티라노사우루스부터 찾아보자."

"그나저나 이 넓은 대륙에서 어떻게 찾지?"

"아빠한테 들은 건데 티라노사우루스는 알을 낳으면 알이 부화되는 두 달 동안에는 먹이를 거의 먹지 않는대."

"그래? 그럼 물가로 가자!"

노빈손이 잠시 생각하다가 말했다.

"물가는 왜?"

젤마가 갈색 눈동자를 깜빡이며 물었다.

"먹이는 먹지 않는다 해도 물은 마실 거 아냐? 그렇다면 물가에 둥지를 틀었을 확률이 높아. 그래야 알을 보호할 테니까."

"듣고 보니 일리가 있네. 빈손이 머리도 제법 쓸 만한 걸."

쿨쿨천사가 새삼스럽게 노빈손의 얼굴을 천천히 살피며 말했다.

"그 정도 갖고 놀라기는."

노빈손은 기분이 좋아서 어깨를 으쓱거렸다.

"일단 산 위에 올라가서 지형을 살펴보자."

젤마의 제안에 일행은 가까운 산으로 향했다. 높이가 5백 미터 남짓한 낮은 산이었다. 베르타가 산을 제일 잘 탔다. 그 다음으로는 젤마, 쿨쿨천사, 노빈손 순이었다.

산 정상에 서자 사방이 한눈에 내려다보였다. 백악기의 대륙은 쥐라기와는 풍경이 달랐다.

"쿨쿨천사, 백악기 말의 대륙은 오늘날의 대륙 분포와 비슷하지?"

노빈손이 사방을 둘러보며 물었다.

"맞아. 기후가 내려가 양극 지방과 높은 산에는 얼음이 얼거나 눈이 쌓이게 되지. 얼음의 형성은 해수면의 높이에 변화를 가져오게 돼. 해수면이 낮아져 대륙붕이 노출되고, 바다 밑의 화산은 모습을 드러내 섬이 되는 거야."

"와아! 정말 박식하다!"

옆에 있던 젤마가 감탄했다.

"한국의 대학생들은 머리가 좋거든. 빈손처럼 약간 모자란 듯해도 이 정도는 기본이지."

쿨쿨천사는 도도한 공주처럼 고개를 약간 치켜들었다.

"저기 강이 흐르고 있어."

썰렁한 분위기를 깨고 베르타가 침엽수림 앞쪽을 가리켰다.

숲에 둘러싸여 잘 보이지는 않았지만 강폭이 꽤 넓었다. 강 건너편에는 범람원이 형성되어 있었고 위쪽으로는 선상지도 보였다.

"티라노사우루스가 알을 낳기에는 좋은 환경이네. 내려가서 티라

범람원과 선상지

하천이 홍수 상태로 되어 주변으로 범람하여 토사(土砂)를 퇴적함으로써 생긴 평야를 범람원이라고 한다. 하천 양쪽에 분포하는 낮은 땅으로서, 하도(河道)가 범람할 때마다 변화함으로써 넓은 범람원을 형성한다. 자연제방이나 배후습지(背後濕地)가 생기며 강은 자유롭게 곡류한다. 충적평야(沖積平野)의 일종으로, 일반적으로 토지가 비옥하여 농경지로 이용된다. 선상지는 골짜기 어귀에 자갈이나 모래가 퇴적하여 이루어진 부채꼴 모양의 지형. 한국은 선상지의 발달이 미약하다. 그러나 사천·구례·해미·석왕사 등에는 선상지의 모습이 보존되어 있다.

156

노사우루스를 찾아보자."

"잠깐만! 이상한 냄새가 나지 않아?"

노빈손이 산을 내려가려는데 후각이 발달한 베르타가 팔을 붙들었다.

"무슨 냄새?"

노빈손이 코를 킁킁거렸다. 분명 무슨 냄새가 나기는 했다. 그러나 냄새의 정체를 정확히 파악할 수 없었다.

"떡볶이에다 삶은 계란을 넣고 가스레인지에 졸이는 냄새 같기도 하고…… 파스타 타는 냄새 같기도 하고……."

"저 산에서 나는 거야."

노빈손이 고개를 갸웃거리고 있는데 베르타가 맞은편 산을 가리켰다. 자세히 보니 산 정상에서 연기가 치솟고 있었다. 하얀 재 같은 것도 허공으로 폴폴 날아올랐다.

"화산이야!"

젤마가 깜짝 놀라서 소리쳤다.

"맞아. 유황 냄새였어. 유황 냄새가 심하게 나는 걸로 봐서는 화산 활동이 활발하게 이루어지고 있나 봐."

"조만간 폭발하는 거 아냐? 땅에서도 진동이 느껴져."

베르타가 불안스런 눈길로 돌아보며 동의를 구했다.

"진동?"

노빈손은 발바닥을 통해서 진동을 느껴 보려 했다. 그러나 헛수고
였다. 쿨쿨천사와 젤마도 마찬가지였다. 공룡인간인 베르타에 비해서
감각이 떨어지기 때문이었다.

"화산이 폭발한다면 밑으로 내려가는 건 위험해!"

젤마가 말했다.

"그건 그래. 잠시 뒤면 해가 질 거야. 그러니 오늘밤은 여기서 지내
고, 내일 아침부터 티라노사우루스를 찾아보자."

쿨쿨천사의 제안에 모두들 고개를 끄덕였다.

젤마와 베르타가 텐트를 쳤다. 노빈손은 텐트 치는 걸 도왔다. 젤

158

마는 수프를 끓인 뒤 똑같은 크기의 빵을 한 조
각씩 나눠 주었다.

노빈손은 순순히 자신의 몫을 받아먹었다.
빵은 딱 한 입밖에 되지 않았다. 아껴 먹는다고
먹었는데도 금방 사라졌다.

"빈손아, 이거 먹어!"

입맛을 다시고 있는데 쿨쿨천사가 빵을 불쑥
내밀었다.

눈이 번쩍 뜨였다. 받으려는 순간, 초췌해진
쿨쿨천사의 얼굴이 눈에 들어왔다. 노빈손은 부
끄러웠지만 자신의 의사와는 상관없이 오른손이
빵을 받으려고 다가가고 있었다. 노빈손은 왼손
을 들어 오른손을 붙잡았다.

"앗, 이 손이 왜 이러지? 히히…… 난 됐으니
까 너 먹어! 먹고 힘을 내서 아버지를 찾아야지!"

노빈손은 벌떡 일어나서 숲으로 들어갔다.

수프와 빵을 먹었지만 여전히 배가 고팠다. 초식 공룡처럼 나뭇잎
이나 이끼류라도 실컷 뜯어먹고 싶은 심정이었다.

밤이 되자 기온이 뚝 떨어졌다. 백악기는 트라이아스기나 쥐라기
와는 달리 무척 추웠다.

텐트는 젤마와 쿨쿨천사가 차지했다. 노빈손은 베르타와 함께 돗
자리에 누웠다. 배가 고파서 잠도 오지 않았다.

밤이 깊어지자 지축이 흔들렸다. 어마어마한 몸집을 지닌 공룡의 발자국 소리 같았다. 소리는 점점 커져 갔고 한순간, 거대한 폭발음이 들려 왔다.

"무슨 소리지?"

쿨쿨천사가 텐트에서 나오며 물었다.

"저기 좀 봐!"

베르타가 맞은편 산을 가리켰다.

어둠 속에서 붉은 불기둥이 치솟고 있었다. 화산이 폭발한 것이었다. 용암이 분수처럼 솟구쳤다. 화산재가 어지러이 날아다녔다.

하염없이 솟구칠 것 같던 용암은 시간이 지나자 점차 기세가 약해졌다. 엄청난 재와 먼지로 인근 하늘이 잿빛으로 뒤덮였다.

"토마스는 괜찮을까?"

베르타가 산비탈을 타고 흘러내리는 용암을 보며 물었다.

"우리 아빠와 함께 있으니 괜찮을 거야."

동병상련일까. 젤마가 베르타의 손을 꼭 잡았다.

노빈손은 겁이 나서 한잠도 잘 수 없었다. 그러나 쿨쿨천사는 깊이 잠들었는지 코까지 곯았다. 하여간 그 어떤 난관도 극복하는 수면 능력이라니깐.

용암의 정체

마그마가 지표에 분출한 것 또는 그것이 고결된 것. 용암에는 매우 유동성이 높은 것이 있는 반면에, 거의 유동하지 않고 점성(粘性)이 높은 것도 있다. 용암의 점성은 그 화학조성, 가스의 함량, 온도 및 결정화(結晶化)의 정도에 의해 좌우된다. 일반적으로 고온이며 가스 함량이 클수록 점성은 낮다. 점성이 낮은 용암으로부터는 가스가 쉽게 발산하지만, 점성이 높은 용암에서는 기포가 잘 빠져나가지 못하고, 가스의 압력이 상당히 높아질 때까지 쌓인다. 따라서 점성이 낮은 용암의 분출은 완만하지만, 점성이 높은 용암의 분출은 폭발적. 엄청난 분출이 일어나면 마그마나 암편이 흩어져 화산재 · 화산력(火山礫)·화산암괴로 뿌려진다.

밤새 솟구치던 용암은 새벽이 되어서야 멎었다. 날이 밝자 참혹하게 변한 산비탈이 모습을 드러냈다. 울창했던 나무도 풀도 사라진 뒤였다. 용암은 모든 생명체를 삼킨 채 느린 속도로 흘러내리고 있었다. 용암덩어리 사이로 붉은 불덩어리가 비쳤다.

흘러내리는 용암의 앞을 가로막은 것은 강이었다. 용암이 뒤섞인 강물은 부글부글 끓으며 엄청난 양의 수증기를 뿜어냈다. 강가에는 용암을 피해서 달아나려다 미처 피하지 못하고 죽은 공룡의 시체가 즐비했다.

숲은 초토화가 되었고, 살아남은 공룡들은 새로운 터전을 찾아서 대이동을 하고 있었다.

일행은 말없이 텐트를 걷었다. 화산 폭발이 일어난 곳과 반대편 쪽으로 산을 내려갔다. 어제까지만 해도 화창했던 하늘은 화산재로 뒤덮여 잿빛이었다.

티라노사우루스의 알을 찾아서

산을 내려와 부지런히 걸었다. 반나절을 넘게 걸었지만 티라노사우루스는 물론이고 호수조차 발견할 수 없었다.

"쿨쿨천사, 티라노사우루스의 영역은 얼마나 될까?"

걷다 지쳐 노빈손이 물었다.

"아마도 암컷은 수백 제곱킬로미터, 수컷은 수천 제곱킬로미터에 이를 거야."

"모래사장에서 바늘 찾기네."

노빈손은 길게 한숨을 내쉬었다.

걷다 보니 숲이 나왔다. 숲은 수증기로 뒤덮여 있었다. 수증기 속을 더듬어 들어가자 곳곳에서 샘물이 솟구치고 있었다. 손을 대 보니 물이 뜨거웠다.

"온천수야! 입장료도 없으니까 우리 여기서 피로 좀 풀고 갈까?"

노빈손은 재빨리 신발을 벗고 온천에 발을 담갔다.

"어쩔 수 없군. 여기서 잠깐 쉬었다 가자."

젤마가 어깨를 으쓱거리고는 바위에 걸터앉았다. 그녀는 평상시에 운동을 많이 하는지 조금도 지쳐 보이지 않았다. 베르타 역시 마찬가지였다.

"피곤하고 졸려!"

쿨쿨천사가 온천에 발을 담그며 중얼거렸다.

몇 분이나 쉬었을까. 어디선가 총소리가 들려 왔다. 이어서 거대한 짐승의 울부짖음이 들려 왔다.

"티라노사우루스야!"

온천의 형성

온천은 지역에 따라 형성되는 과정이 다르다. 일본이나 이탈리아의 경우, 활발하게 활동하는 화산열에 의해 지하수가 데워져 뿜어 나와 온천을 이룬다. 눈이 쌓인 한겨울에도 온천에서 김이 무럭무럭 나오는 것은 화산열 때문. 화산 활동이 없는 우리나라의 온천은? 대부분 지각 운동 에너지 덕분에 형성되었다. 추운 겨울에 손을 서로 비비면 따뜻해지는 것처럼 우리나라 땅을 이루는 지층들이 서로 부딪히면서 열을 발생시켜 따뜻한 온천수를 만드는 것.

아, 백악기

젤마와 베르타가 앞장서서 달리기 시작했다. 노빈손은 신발을 신고 쿨쿨천사와 그 뒤를 따랐다.

온천 지대를 지나자 바위로 이루어진 해안이 나왔다. 노빈손은 달리다가 눈에 익은 것을 발견했다.

"이게 뭐지?"

가까이 다가가 보니 모자였다.

"아빠 모자야!"

앞서 달려가던 젤마가 되돌아와서 모자를 보더니 울음이 터질 것 같은 표정을 지었다.

"아빠……."

젤마가 손나팔을 만들어 소리치려 했다. 노빈손이 재빨리 젤마의 입을 틀어막았다.

"소리치면 안 돼! 총소리가 난 걸로 봐서 힌들러조아 일행도 이 근처에 있는 게 분명해!"

"아빠가 당한 건 아닐까?"

젤마가 걱정 가득한 눈길로 바라보았다.

"걱정하지 마. 박사님은 쉽게 당하실 분이 아니야."

노빈손은 젤마를 위로했다.

모두들 해안가를 지나 숲으로 들어갔다. 한참을 걸어 들어가자 꽤 넓은 호수가 나왔다. 익룡이 물고기를 사냥하기 위해 물 위를 낮게 날아다니고 있었다.

"숲이 우거지고 호수가 있어서 티라노사우루스가 지내기에 좋은 장소야!"

쿨쿨천사가 사방을 살피며 말했다.

"여기 공룡 발자국이 있어!"

젤마가 소리쳤다.

노빈손이 달려가 보니 호수 옆으로 거대한 발자국이 여러 개 찍혀 있었다.

"티라노사우루스 발자국이야!"

쿨쿨천사가 확신하듯이 말했다.

"설마 티라인의 발자국은 아니겠지?"

노빈손이 묻자, 젤마가 머리를 흔들었다.

"티라인은 아직 완성되지 않았어. 이쪽으로 가 보자."

공룡 발자국을 따라서 호수 아래쪽으로 내려갔다. 발자국은 수분 이 말라버린 딱딱한 땅이 나오자 더 이상 보이지 않았다.

"이제부터 조심해. 티라노사우루스는 매복에 능하거든."

젤마가 엽총을 꽉 움켜쥔 채 숲으로 들어갔다.

노빈손은 조심스레 주변을 살폈다. 어디선가 불쑥 티라노사우루스 가 나타날 것만 같아 불안했다.

다시금 총성이 들려 왔다. 이번에는 여러 발이었는데 아주 가까운 곳이었다.

"이쪽이야!"

청각이 발달한 베르타가 숲을 헤치며 달려갔다. 젤마가 그 뒤를 따 랐다.

공룡의 둥지

공룡의 둥지는 1920년대 몽골 고비 사막에서 미국 자연사박물관 탐사대가 처음으로 발견했다. 공룡이 둥지를 만드는 습성이 오늘날의 새와 매우 유사하다는 것을 알게 된 과학자들은 새끼를 어떻게 낳고 돌보았는지도 밝혀낼 수 있었다. 최근 발견된 오비랍토르의 알에는 태아의 뼈가 고스란히 남아 있어, 공룡의 새끼가 막 부화되기 전에 어떤 상태로 있었는지 알 수 있다.

공룡과 파충류의 차이점은?

도마뱀이나 악어, 거북과 같은 파충류와 공룡을 자세히 보면 다리에서 그 차이점을 알 수 있다. 도마뱀 등은 몸 옆에서 직각으로 꺾인 다리가 붙어 있어 엉금엉금 기어 다니고, 빠른 속도로 뛰기는 불가능. 공룡은 초기 진화 단계에서부터 완전한 직립 자세를 가졌다. 엄청난 무게를 지탱하기 위해 이런 자세를 가지게 된 것. 공룡은 포유류와 새처럼 자유롭게 호흡하면서 뛸 수 있기 때문에 유리한 생존조건을 가졌던 것이다.

164

노빈손과 쿨쿨천사도 열심히 달렸지만 이내 그들은 시야에서 사라졌다. 어디로 갔는지 알 수가 없어 사방을 두리번거리다 보니 바위 뒤에 몸을 숨기고 있는 베르타와 젤마의 모습이 보였다.

노빈손이 다가가며 "뭐가 보여?"하고 묻자, 젤마가 "쉿!"하며 검지를 입에 갖다 댔다.

숲에는 세 명의 남자가 엽총을 들고 서 있었다. 그들의 발 아래 거대한 몸집의 티라노사우루스가 피를 흘리며 쓰러져 있었다. 몸에 경련이 일고 있는 걸로 봐서는 완전히 숨이 끊긴 것 같지는 않았다.

"빅토르! 티라노의 알을 챙겨라."

금테 안경을 쓴 사내가 말했다.

"저 자는 누구야?"

"저 자가 바로 힌들러조아 소장이야. 히틀러의 맹신자임과 동시에 공룡인간 프로젝트의 총책임자이기도 하지!"

젤마가 노빈손의 귀에 대고 속삭였다.

무표정한 젊은 사내가 알을 가지러 티라노의 둥지가 있는 숲으로 들어갔다.

"흡혈귀처럼 생긴 저 자는?"

"빅토르야. 힌들러조아 박사가 총애하는 젊은 과학자인데 지능 지수가 대단히 높아! 베르타하고는 떼어 놓을 수 없는 사이이기도 하지."

젤마가 베르타의 눈치를 슬쩍 살피며 말했다.

"고릴라처럼 생긴 저 자는?"

"롬멜이라는 과학자인데 망상가야! 사막의 여우라 불리었던 롬멜의 후손이지!"

숨을 죽이고 있는데 갑자기 커다란 울부짖음이 들려 왔다. 숲이 쩌렁쩌렁 울렸다. 고개를 돌리니 어디에 숨어 있었는지 거대한 몸집의 티라노사우루스가 불쑥 나타났다.

'폭군 도마뱀'이라는 별명에 걸맞게 생김새가 무시무시했다. 얼굴의 길이만 1미터 50센티미터는 족히 될 것 같았다. 몸무게가 7톤도 넘어 보이는 대형 티라노사우루스였다. 입을 떠억 벌렸는데 20센티미터가 넘는 거대한 이빨 사이에서 침이 질질 흘러내렸다.

"아빠인가 봐. 암컷이 죽어서 분노했어!"

힌들러조아와 롬멜이 겁먹은 얼굴로 무차별적으로 총을 난사하기 시작했다.

카아악!

티라노사우루스가 괴성을 지르며 달려들었다. 기세에 눌린 힌들러조아와 롬멜이 혼비백산해서 달아났다.

공룡이 파충류보다 빨리 달리는 이유

긴 뒷다리를 가진 육식 공룡들은 시속 40km로 달릴 수 있었다. 이러한 수치는 그들이 남긴 발자국 화석을 통해 계산된다. 빠르게 이동할 수 있는 능력은 생존과 직결되기 때문에 매우 중요하다. 특별한 방어 무기가 없었던 소형 초식 공룡인 힙씰로포돈은 사슴처럼 모든 골격들이 날씬하여, 가벼운 몸무게로 매우 빠르고 오래 달렸으며 꼬리를 이리저리 틀어 멈추지 않은 채 빠르게 방향을 바꿔 적을 따돌릴 수 있었다.

166

그러나 티라노사우루스의 몸놀림이 훨씬 빨랐다. 티라노사우루스는 평상시에는 시속 7, 8킬로미터로 이동하지만 먹이를 쫓을 때의 속도는 시속 50킬로미터에 육박했다.

그들이 티라노사우루스의 시야에서 탈출하는 일은 불가능해 보였다. 대부분의 육식 공룡은 눈이 얼굴의 오른쪽이나 왼쪽에 붙어 있어 옆을 보기 편리하게 되어 있다. 그러나 티라노사우루스의 눈은 앞쪽을 보기 편하게 되어 있었다. 경계해야 할 적이 존재하지 않기 때문이었다.

위기감을 느낀 롬멜이 돌아서서 엽총을 겨눴다. 티라노사우루스가 앞발을 휘둘렀다. 롬멜의 엽총이 허공으로 날아갔다.

"사, 살려 줘!"

총을 놓친 롬멜이 뒷걸음질 치며 도움을 요청했다. 그러나 힌들러 조아는 달아나기에 급급했다.

티라노사우루스가 앞발로 롬멜을 움켜쥐었다. 공포에 질린 롬멜이 비명을 질렀다. 티라노사우루스는 한입에 삼킬 듯 앞발을 입으로 가져갔다.

티라노사우루스의 앞발의 길이는 1미터 남짓이었지만 200킬로그램을 들 수 있을 정도로 근육이 발달해 있고, 턱은 한입에 200킬로그램의 고기를 물어뜯을 수 있을 정도로 강력했다.

노빈손은 끔찍한 광경에 눈을 질끈 감았다. 곧이어 처절한 비명이 숲을 뒤흔들었다.

티라노의 알을 가지러 간 빅토르가 모습을 드러냈다. 그는 길게 휘파람을 불었다.

"야누스!"

빅토르가 외치자, 숲에서 창을 든 거대한 몸집의 알로인이 나타났다.

"알로인이 어떻게 여길?"

"힌들러조아 일행이 쥐라기에서 데려왔나 봐. 보디가드로 쓰려고!"

젤마의 말이 떨어지기 무섭게 알로인이 티라노사우루스에게 달려들었다.

백악기에서 가장 난폭한 사냥꾼인 티라노사우루스와 쥐라기 최고의 사냥꾼인 알로사우루스와 인간의 유전자가 결합한 공룡인간의 대결이었다. 누가 승리할지 자못 궁금했다.

"이럴 때는 도대체 누구를 응원해야 하는 거야? 인간의 피가 조금이라도 섞인 알로인을 응원해야 하는 거 아냐?"

노빈손이 흥분해서 말하자 쿨쿨천사가 면박을 주었다.

"잠자코 구경이나 해."

알로인은 창을 들고 일정한 거리를 유지하려 했다. 다가서려던 티라노사우루스는 번번이 창에 찔렸다.

시간이 지나자 티라노사우루스의 움직임이 둔해졌다. 여러 발의 총알을 맞아 많은 피를 흘린 때문이었다. 금방이라도 쓰러질 듯 비틀거렸다. 마지막 일격을 가하기 위함인지 알로인이 창을 움켜쥐고 달려들었다.

"죽어라!"

티라노사우루스의 몸에 창이 그대로 꽂혔다.

그 순간, 티라노사우루스가 앞발을 앞으로 쭉 뻗었다. 세 개의 날카로운 발톱이 알로인의 얼굴에 박혔다.

크아아악!

노빈손은 두 눈을 질끈 감고 귀를 틀어막았다. 이어서 총소리가 연이어 들려 왔다. 노빈손은 번쩍 눈을 떴다. 알로인은 티라노사우루스의 발 아래 쓰러져 있었다. 빅토르가 뒷걸음질 치며 티라노사우루스에게 연신 엽총을 쏘고 있었다.

공룡의 발톱

발톱이 발달한 것은 주로 육식 공룡이다. 티라노사우루스와 같은 공룡은 앞발과 뒷발에 독수리의 발톱과 같이 갈고리처럼 생긴 발톱이 달려 있다. 또한 발톱 끝 부분은 아주 뾰족하여 사냥감의 살점을 깊숙이 파내는 데 편리했다. 단단한 발톱 위에는 인간의 머리카락이나 손톱을 이루는 단단한 각질 성분인 케라틴이 덮여 있는데, 이것은 사용할수록 닳아 끝이 뾰족하게 되어 사냥감을 자르거나 베는 데 아주 효과적이다.

169

아, 백악기

중심을 잃고 쓰러질 듯 비틀거리면서도 티라노사우루스는 용케 앞으로 나아갔다. 빅토르와의 거리가 점차 좁혀졌다. 당황한 빅토르가 연속적으로 방아쇠를 당겼다. 그러나 탄창이 비었는지 총알은 더 이상 나가지 않았다. 절박한 위기 상황임에도 불구하고 빅토르의 표정은 믿기지 않을 만큼 담담했다.

티라노사우루스가 앞발을 높이 치켜들었다. 저 발에 맞으면 그대로 뼈가 박살날 터였다.

공룡 알의 특징

공룡 알의 모양은 원반형, 타
원형, 구형 등이며 알의 크기
는 직경 10~16cm까지 다
양하다. 또한 알 껍질의 두께
는 1.5~2.5mm이며 알 껍
질의 표면은 울퉁불퉁한 돌
기 모양에 부분적으로 심한
굴곡을 보이는 경우도 있다.
공룡 알에는 공룡들의 삶을
제공해 줄 수 있는 자료가 포
함되어 있고, 공룡 알 껍질
속에 들어 있는 미량 원소는
공룡 멸종 원인을 밝히는 데
중요한 단서가 된다.

"안 돼!"

갑자기 베르타가 비명을 지르며 젤마에게 달
려들어 엽총을 빼앗았다. 미처 말리고 할 틈도
없었다. 베르타는 티라노사우루스를 향해서 총
을 쏘기 시작했다.

총알이 박힐 때마다 몸부림치던 티라노사우
루스가 마침내 무릎을 꿇었고, 이내 털썩 바닥
에 몸을 뉘었다.

"왜 저자들을 도와주는 거야?"

노빈손이 영문을 알 수 없어 물었다. 젤마는
아무 말도 하지 않았다.

"괜찮아?"

베르타가 총을 던지며 빅토르에게 달려갔다.

"가까이 오지 마!"

빅토르가 소리치자 베르타가 우뚝 걸음을 멈췄다.

빅토르는 장갑을 벗고 얼굴 가면을 뜯어냈다. 그는 놀랍게도 베르
타와 토마스와 같은 트로인이었다.

"빅토르! 배낭에 티라노의 알이 들어 있지? 알을 이리 줘!"

"그럴 수는 없어! 어떻게 구한 알인데…… 날 막으려 하지 마! 날
막으려는 자는 누구라도 용서하지 않을 거야!"

빅토르가 품 안에서 권총을 꺼내 베르타에게 겨눴다.

"빅토르, 연구실은 폭파됐어. 너의 계획은 수포로 돌아갔다고."

"그렇지 않아. 연구실은 다시 만들면 돼. 난 기어코 티라인을 복제해서 공룡인간이 지배하는 지구의 주인이 될 거야!"

"모두 끝났어. 이제 망상에서 깨어날 시간이야. 빅토르는 힌들러조아 박사에게 이용당한 거라구."

"천만에! 네 까짓 게 뭘 안다고 떠드는 거야? 물러 서!"

빅토르가 방아쇠를 당겼다. 총알이 베르타의 옆을 스치고 지나갔다.

"동족인 날 죽이겠다고?"

"왜, 내가 못 죽일 거 같아? 필립 박사와 토마스도 죽였는데 널 못 죽일 것 같아?"

"필립 박사님과 토마스를 죽였다고?"

베르타가 충격을 받았는지 쓰러질 듯 비틀거렸다.

"아빠가 죽어?"

젤마가 벌떡 일어나려 했다.

"진정해!"

노빈손은 흥분한 젤마의 입을 틀어막고 주저 앉혔다.

"가만 있어! 괜히 문제를 복잡하게 만들지

육식 공룡의 이빨

아프리카에 서식하고 있는 왕도마뱀과 같은 대형 육식성 파충류는 납작한 칼날 같은 이빨을 갖고 있는데, 이빨의 끝은 뒤로 휘어져 있어 사냥감의 살점을 갈고리처럼 붙든다. 이빨의 앞쪽과 뒤쪽 가장자리는 작은 톱니 모양으로 마치 나이프처럼 생겼다. 티라노사우루스와 같은 대형 육식 공룡의 이빨은 왕도마뱀의 이빨과 거의 유사하지만, 단단한 뼈에도 구멍을 낼 수 있을 정도로 훨씬 강하며 길이는 약 30cm에 이르기도 한다.

초식 공룡의 이빨

초식 공룡의 이빨은 이구아나와 비슷한데 이빨이 넓적하고 나뭇잎처럼 생겼다. 이빨 양옆으로 톱니처럼 생긴 이빨이 지그재그 모양으로 나 있으며 이것은 식물의 줄기를 끊거나 자르는 데 유용하다. 특히 오리주둥이 공룡은 크고 납작한 이빨을 가지고 있어 소처럼 질긴 식물을 오래 씹는 데 효과적이다.

말고."

노빈손의 말에 젤마가 고개를 끄덕였다. 그녀의 두 눈에 그렁그렁 눈물이 차올랐다.

"그래! 어렵게 찾아낸 티라노의 알을 그자들이 깼거든."

"정말로 박사님과 토마스를 죽였어?"

"우리의 계획을 방해하려는 자는 누구라도 용서할 수 없어!"

빅토르가 다시금 권총을 쏘았다. 총알은 베르타의 발 아래 박혔다. 흙이 튀어올랐다. 베르타는 조금도 놀라거나 피하려 들지 않았다.

"어디서 그런 거야?"

"저쪽으로 3킬로미터쯤 가면 해안가가 나올 거야. 벼랑 밑에 시체가 있을 테니 내 말이 믿기지 않으면 가서 확인해 보라고."

"만약 토마스를 죽였다면…… 널 결코 용서하지 않을 거야!"

베르타가 낮고 단호하게 말했다.

"모자를 발견했던 장소인 거 같아."

젤마가 돌아서서 숲을 빠져나갔다. 베르타도 젤마의 뒤를 따라 달리기 시작했다.

"우리도 가 보자!"

노빈손은 쿨쿨천사와 함께 있는 힘을 다해서 뛰었다. 그러나 베르타와의 거리는 점점 멀어져 갔다.

"도대체 인간이야, 파충류야?"

노빈손이 기가 막혀서 중얼거리자 쿨쿨천사가 태연히 대답했다.

"그러니까 공룡인간이지!"

다가오는 중생대의 종말

 숨을 헐떡이며 해안가에 닿았지만 아무도 보이지 않았다.

깎아지른 벼랑 밑에서 울음소리가 들려 왔다. 노빈손은 벼랑 끝으로 다가갔다. 베르타가 토마스의 시신을 끌어안고 통곡하고 있었다.

경사가 완만한 곳을 찾아서 절벽 아래로 내려 갔다. 가까이 다가갈수록 베르타의 울음소리가 커졌다. 그녀는 목을 놓아 울었다. 비록 공룡인 간이긴 하지만 슬픔에 빠진 그녀를 보자 가슴이 아팠다.

'이럴 때는 뭐라고 위로의 말을 해야 하는 걸까?'

노빈손은 할 말을 찾다가 베르타의 등을 가만히 쓸어주었다. 자기도 모르게 한참 눈물을 훔치던 빈손은 인기척을 느끼고 뒤를 돌아보았다. 젤마가 필립 박사를 부축해서 동굴을 나서고 있었다.

"박사님, 괜찮으세요?"

노빈손은 눈물을 닦으며 그들에게 다가갔다.

"토마스는 총알을 맞고 절벽에서 떨어졌지. 나는 총알을 맞기 전에 바다로 뛰어들었는데 불행 중 다행히도 다리에만 골절상을 입었다네."

파충류도 눈물을 흘린다

파충류는 사람처럼 감정의 표현으로 눈물을 흘리는 것이 아니라 생리적인 현상 때문에 눈물을 흘린다. 거북은 알을 낳거나 일교차가 심할 때 눈물을 흘리며, 몸에 있는 염분을 배출하기 위해 눈물을 흘린다. 악어는 먹이를 먹을 때 눈물을 흘리는데, 먹이감의 죽음을 슬퍼해서 우는 것이 아니라 입을 움직이는 신경과 눈물을 흘리는 신경이 서로 연결되어 있기 때문. 거짓 눈물을 악어 눈물이라고 하는 이유를 이제 알겠지?

고향으로 돌아가자

동물이 자신이 태어났던 곳이나 살았던 곳을 기억하고 먼 곳으로 갔다가 다시 되돌아오는 성질을 귀소 본능이라고 한다. 비둘기를 우편배달부로 사용했던 과거에는 비둘기의 귀소 본능을 이용한 것. 특히 연어나 송어는 태어난 곳에서 가까운 해변으로 오게 되면 강물에 포함된 물질로 후각이 자극되고, 그 기억에 의하여 태어난 곳까지 찾아올 수 있다고 한다.

필립 박사가 침통한 얼굴로 말했다.

"아…… 다행히, 하늘이 도왔네요!"

"지금 우리가 여기서 이러고 있을 때가 아니네. 힌들러조아 박사 일행이 티라노의 알을 갖고 중생대를 빠져나가기 전에 막아야 해. 토마스의 희생을 헛되이 해서는 안 돼!"

"알겠습니다, 박사님! 제가 가서 그들을 막겠습니다."

노빈손이 힘주어 말했다.

"나도 갈게요."

쿨쿨천사가 말했다.

"넌 여기서 젤마와 함께 필립 박사님을 돌봐 드려."

노빈손은 젤마의 총을 들고 벌떡 일어섰다.

해안가를 벗어나 숲으로 들어갔다. 동굴 쪽으로 가는 길이 헷갈렸다. 어느 쪽으로 가야 할지 몰라 좌우를 살피고 있는데 베르타가 빠른 속도로 다가왔다.

"나하고 같이 가!"

"괜찮겠어?"

"동족을 죽이다니…… 빅토르를 용서할 수 없어!"

베르타가 손을 내밀었다. 비장한 표정이었다. 노빈손은 망설이다 그녀에게 엽총을 넘겨주었다.

베르타가 총을 들고 달려가기 시작했다. 파충류의 귀소 본능은 인간보다 훨씬 발달해 있는 걸까. 놀랍게도 그녀는 지나왔던 길을 한 치의 오차도 없이 되밟아 갔다.

"우리가 저 산에서 내려왔으니까 이쪽으로 돌아가면 동굴이 나올 거야!"

베르타는 산 아래서 방향을 틀었다.

숲 속을 지나다 보니 아나토티탄 무리가 낮잠을 즐기던 장소가 나왔다. 백여 미터 전방에 총을 들고 걸어가고 있는 힌들러조아 박사와 빅토르의 뒷모습이 보였다.

"조금만 더 가면 동굴이야. 동굴 입구에서 기다렸다가 놈들을 잡자!"

베르타가 오른쪽으로 멀찍이 돌아갔다. 동굴 입구의 커다란 바위 아래 몸을 숨기고 있으니 힌들러조아 박사와 빅토르가 다가왔다. 빅토르는 아무렇지도 않는데 힌들러조아 박사의 이마에는 굵은 땀방울이 맺혀 있었다.

"꼼짝 마!"

가까이 오기를 기다렸다가 베르타가 엽총을 들고 뛰어나갔다. 힌들러조아 박사와 빅토르가 깜짝 놀라며 뒷걸음질 쳤다.

"총을 내려 놔!"

베르타가 총부리를 들이대자 순순히 엽총을 내려놓았다. 노빈손은 조심스레 다가가서 엽총을 집어들었다.

파충류는 땀을 흘리지 않는다?

포유류와 같은 항온동물은 체온이 높아지면 억지로 몸의 열을 낮추기 위해 피부 표면의 땀구멍을 통해 땀을 배출한다. 열심히 운동을 한 후나, 날씨가 아주 더울 때 땀을 많이 흘린 경험을 떠올리면 쉽게 이해할 수 있다. 그러나 뱀이나 거북이 등의 파충류는 주위의 기온에 따라 체온이 함께 변하는 변온동물이므로 땀을 흘려 체온을 낮출 필요가 없다.

유성은 빛의 꼬리

흔히 별똥별이라 부르는 유성은 태양계를 떠도는 먼지부터 작은 소행성까지 그 크기와 종류가 다양한 소형 천체들이 지구 대기로 들어왔을 때 공기와의 마찰로 밝은 빛을 내면서 타는 것을 말한다. 소형 천체들은 초속 약 12~72km 범위의 속도로 지구 대기권에 들어오는데, 20~90km의 고도에 이르면 대부분 타서 완전히 소멸된다. 또한 유성은 자정 전보다 자정 후 새벽녘에 더욱 잘 보인다.

176

"누구야? 누가 토마스에게 총을 쐈어?"

"난 아냐!"

힌들러조아 박사가 뒷걸음질 치며 다급히 손을 휘저었다.

"그럼 네가 그런 거야?"

베르타의 두 눈은 분노로 이글거렸다. 금방이라도 방아쇠를 당길 것 같은 기세였다.

"그래, 내가 죽였다!"

빅토르가 앞으로 한 발 나서며 소리쳤다.

"나쁜 자식! 너의 우수한 두뇌를 힌들러조아 박사가 이용하려 한 건데 꼬임에 빠져서 같은 동족을 죽여?"

"힌들러조아 박사가 나를 이용한다고? 천만에! 내가 힌들러조아 박사를 이용한 거야. 너도 뉴스를 봤으니 알 거 아냐? 우리가 지구에 발을 디딘 그 날 이후로 단 하루라도 전쟁 없이 지나갔던 날이 있었어? 인간은 언젠가는 전쟁 때문에 멸망할 거야. 난 그 날을 앞당기려 했을 뿐이야. 공룡인간이 지배하는 세상을 위해서!"

"공룡인간이 지구를 지배하면 전쟁이 멈출 것 같아? 천만에! 그들은 서로가 서로를 정복하기 위해서 다시 전쟁을 벌일 거야."

노빈손은 베르타의 말에 고개를 끄덕였다. 쥐라기에서 보았던 공룡인간들의 치열한 전투가 떠올랐다.

그때였다. 노을로 물든 서편 하늘에서 빠른 속도로 빛줄기가 떨어져 내렸다. 이어서 지축이 울리면서 요란한 폭발음이 들려 왔다.

"뭐지?"

베르타가 깜짝 놀라며 물었다.

숲 저편에서 불길이 치솟았다. 유성이 떨어진 듯했다. 연기가 피어 오르는 숲을 보다가 기분이 이상해져 문득, 고개를 돌렸다. 힌들러조아 박사가 품 안에서 뭔가를 꺼냈다. 권총이었다.

"피해!"

노빈손은 몸을 날려 넋이 나가 있는 베르타의 몸을 밀쳐 냈다.

총알은 아슬아슬하게 빗나갔다. 노빈손은 엽총을 집어 들고 방아 쇠를 당겼다. 그러나 총알이 나가지 않았다. 탄창이 빈 모양이었다. 다른 엽총을 들고 방아쇠를 당겼지만 마찬가지였다.

"저 뒤로 숨어!"

베르타가 총을 쏘며 말했다.

노빈손은 베르타와 동시에 바위 뒤로 몸을 날렸다. 힌들러조아 박 사와 빅토르는 그 틈을 타서 각자 나무 뒤로 몸을 숨겼다.

노을이 지자 어둠이 빠르게 내렸다. 하늘에서 다시금 빛줄기가 쏟 아졌다. 유성우였다. 지축이 심하게 흔들렸고, 놀란 공룡들의 울부짖 음이 들려 왔다.

"베르타! 백악기의 종말이 시작되었어. 여길 빠져나가야 해!"

빅토르가 바위 뒤에서 소리쳤다.

"살인마! 너희는 결코 중생대를 빠져나갈 수 없어!"

베르타가 맞고함을 질렀다.

178

숲에서 불길이 치솟고 있었다. 어둠이 짙어지자 숲은 점점 더 시뻘겋게 변해 갔다.

이대로 다 함께 종말을 맞아야 한단 말인가?

노빈손은 숨을 죽인 채 불타는 숲을 바라보았다. 쿨쿨천사와 젤마, 필립 박사가 걱정되었다. 중생대의 종말이 오기까지 그리 많은 시간이 남아 있지는 않은 듯했다.

"베르타, 여길 지키고 있어. 내가 박사님을 모셔올게."

"빈손아, 조심해!"

베르타가 손을 꼭 잡았다 놓았다.

노빈손은 뒷걸음질 쳐서 왔던 길을 되돌아갔다. 숲으로 달려가니 쿨쿨천사와 젤마가 필립 박사를 부축한 채 다가오고 있었다.

필립 박사가 흥분해서 말했다.

"어서 중생대를 빠져나가야 해! 잠시 뒤면 지름 10킬로가 넘는 소행성이 초속 20킬로미터의 속도로 날아와 멕시코의 유카탄반도에 부딪칠 거야!"

"박사님이 그걸 어떻게 아세요?"

"지금 덥지 않은가?"

필립 박사의 말을 듣고 나니 아닌 게 아니라 무척 더웠다.

"네, 갑자기 덥네요! 몸이 허해졌나?"

노빈손은 손으로 부채질을 했다. 자기만 더운가 싶어서 돌아보니 일행 모두 구슬땀을 흘리고 있었다.

"밤이 되면 시원해야 하는데 왜 더운 줄 아나?"

"글쎄요?"

"소행성이 대기권에 진입할 때 공기와의 마찰로 엄청난 열이 발생하게 되네. 이 때문에 수증기와 이산화탄소가 급증하여 지구의 온도가 급상승하는 온실 효과를 일으킨다네."

"그럼 소행성이 이미 대기권에 진입했다는 건가요?"

노빈손이 깜짝 놀라 묻자 필립 박사가 손을 들어 밤하늘을 가리켰다.

필립 박사의 손가락이 가리키는 곳을 올려다보았다. 깜깜한 밤하늘을 가르며 커다란 불덩이가 천천히 떨어져 내리고 있었다.

"우린 이제 어떻게 되는 건가요?"

노빈손은 와락 겁이 나서 물었다. 죽을지도 모른다고 생각하니 아빠, 엄마, 말숙이의 얼굴이 그리워졌다.

"소행성이 지표면에 부딪치게 되면 엄청난 폭발이 일어나 반지름 4백 킬로미터에서 5백 킬로미터 안에 존재하는 모든 것들이 파괴되지. 그 충격으로 지진이 일어나고 곳곳에서 화산이 분출된다네. 뜨거운 열이 발생해 수많은 동식물이 타거나 질식해서 죽게 되지!"

"그럼 우리도 죽나요?"

노빈손은 언제부터인지 흐르는 눈물을 훔치며 물었다.

"불꽃의 크기가 그리 크지 않게 보이는 걸로 미루어 볼 때 다행히도 우리는 그 밖에 있는 거 같네."

180

필립 박사가 지표면을 향해 점점 가까이 접근하는 운석을 바라보며 말했다. 불덩이는 빠르게 지표면을 향해서 접근했고, 이내 산에 가려졌다. 필립 박사가 급히 소리쳤다.

"모두들 귀를 막고 엎드려!"

모두 재빨리 손바닥으로 귀를 막고 땅바닥에 몸을 뉘였다.

거대한 폭발음이 들려 왔다. 노빈손은 잠잠해지기를 기다렸다가 필립 박사를 보았다. 그는 여전히 귀를 막은 채 낮게 엎드려 있었다.

"이제 일어나도 되지 않아?"

노빈손은 옆에 있는 쿨쿨천사에게 큰소리로 물었다. 그녀가 재빨리 머리를 흔들었다.

잠시 후 뒤에서 엄청난 충격파가 밀려왔다. 몸이 날아갈 것처럼 흔들렸고, 고막은 틀어막았음에도 불구하고 찢어질 것만 같았다.

지축이 심하게 흔들린다 싶었는데 등 뒤에서 땅이 쩍 갈라졌다. 숲 저편에서 불길이 치솟았다. 쿵쿵거리는 소리가 들려오는가 싶더니 여기저기서 화산이 폭발하기 시작했다. 하늘이 갑작스레 어두워졌다.

"흙먼지가 하늘을 뒤덮기 시작했어요. 빨리 이곳을 빠져나가야 해요!"

쿨쿨천사가 다급하게 말했다.

일행은 필립 박사를 부축해 허둥거리며 달려
갔다. 한참 달리다 보니 무언가 앞을 가로막고
있었다. '다섯 개의 뿔을 가진 커다란 뿔공룡'
이라는 뜻의 이름을 지닌 펜타케라톱스였다.
그들은 서로 뿔을 맞댄 채 치열하게 싸우고 있
었다.

"뭘 하는 거죠?"

노빈손이 의아해서 물었다.

"암컷을 차지하기 위한 대결을 하는 거야."

"저들은 중생대의 종말이 다가오는 걸 모르나
보죠?"

"아마 짐작하고 있을 거야. 그렇기 때문에 암
컷을 차지하기 위해 필사적으로 싸우는 거겠지.
짝짓기를 해서 어떻게든지 종족을 보존하려고."

펜타케라톱스
'다섯 개의 뿔을 가진 커다
란 뿔 공룡'이라는 뜻의 이
름을 가졌지만 실제로 뿔은
3개이고, 나머지 양 뺨에 있
는 2개의 뿔은 뼈가 튀어나
와서 뿔처럼 보일 뿐이다.
펜타케라톱스는 2m 이상의
거대한 머리에 길고 날카롭
게 난 뿔로 자신을 지켰고,
튼튼한 네 다리로 무소처럼
빠르게 달렸을 것으로 추정
된다. 입은 앵무새 부리를 닮
았고 꼬리는 길지 않았으며
다양한 식물을 먹이로 하는
초식 공룡이다.

어둠 속에서 더운 콧김을 뿜어대며 뿔을 맞대고 싸우는 펜타케라
톱스의 모습은 처절해 보였다. 저들의 몸부림에도 불구하고 결국 공
룡은 멸망하고 인간의 세상이 다가오리라. 슬픈 일이지만 공룡의 멸
망은 인간에게는 축복이었다.

"박사님을 모시고 이쪽으로 돌아가!"

노빈손은 일행을 먼저 보내고 힌들러조아 박사와 빅토르가 있는
뒤편으로 다가갔다. 그들은 총을 움켜쥔 채 여전히 앞을 주시하고 있
었다.

　　노빈손은 바위 아래에다 필립 박사가 준 폭탄을 설치하고는 슬그
머니 빠져나와서 일행이 기다리고 있는 곳으로 갔다.

　　"빠른 시간 내에 동굴 속으로 몸을 숨겨야 해. 대기권 재진입 충격
설이 들어맞는다면 잠시 뒤에 2차 충돌이 일어날 거야."

　　필립 박사가 시계를 들여다보며 말했다.

　　"2차 충돌이요? 최초 충돌로 생겨난 운석의 파편들이 지구 대기권

밖으로 밀려났다가 초속 10킬로미터의 속력으로 다시 대기권 안으로 들어와 2차 충돌을 일으킨다는 그것이요?"

쿨쿨천사가 눈을 휘둥그레 뜨고 물었다.

"그래! 그렇게 되면 지구는 40여 분 동안 철이 녹는 온도인 2천℃ 상태가 되지."

"2천℃에서 40여 분이 지나면 지구상의 모든 생물이 전멸하지 않나요?"

"전자 오븐에 들어간 것처럼 대부분의 공룡이 바비큐가 되지. 땅 속이나 동굴 속에 사는 작은 동물을 제외하고."

"그럼 이러고 있을 때가 아니네요. 제가 셋을 세면 일제히 동굴을 향해서 달려가세요!"

노빈손이 시꺼멓게 뒤덮인 하늘을 불안스레 올려다보며 말했다. 그러자 베르타가 이의를 제기했다.

"여기서 뛰어나가면 힌들러조아 박사와 빅토르가 총을 쏠 거야!"

"나에게 방법이 있어. 나만 믿어!"

노빈손은 리모컨을 꺼내들고 숫자를 세었다.

"하나…… 둘…… 셋!"

'셋'과 동시에 리모컨 스위치를 눌렀다. 가까운 곳에서 폭발음이 들려 왔다. 다시 소행성이 충돌했다고 판단했는지 귀를 틀어막고 납작 땅에 엎드리는 힌들러조아 박사와 빅토르의 모습이 보였다.

"자라 보고 놀란 가슴, 솥뚜껑 보고 놀란다는 옛말, 참 훌륭하신 말씀이야."

노빈손은 회심의 미소를 지었다.

그 틈에 필립 박사를 부축한 일행이 동굴로 뛰어들었다. 노빈손은 제일 나중에 동굴 속으로 들어갔다.

출입구가 보이는 안쪽으로 몸을 숨겼다. 잠시 뒤, 힌들러조아 박사와 빅토르가 동굴 속으로 들어오려고 했지만 베르타가 총을 한 발 쏘아서 그들이 동굴 속으로 들어서는 것을 막았다.

2차 충돌이 일어났는지 동굴이 심하게 흔들렸다. 잔석이 여기저기서 떨어졌고 뜨거운 열기가 입구에서부터 밀려들었다.

몇 차례 지축이 흔들리는 진동이 찾아왔다가 가라앉았다. 그리고 요란한 소리를 내며 한바탕 폭우가 쏟아졌다. 폭우는 뜨거운 열로 뒤덮여 있는 지구를 식혀 주리라.

일행은 두 시간쯤 가만히 있다가 동굴 밖으로 나갔다. 백악기는 지옥을 방불케 했다. 조금 전에 보았던 대자연의 모습은 어디에서도 찾아볼 수가 없었다. 대기는 여전히 사우나탕에 들어온 것처럼 후끈거렸다. 숲은 검게 변해 있었고 곳곳에 불길이 타올라 대지를 태웠다. 살이 타 버리고 남은 공룡의 흰 뼈들이 땅 위에 어지러이 널려 있었다.

힌들러조아 박사와 빅토르의 뼈도 동굴에서 얼마 떨어지지 않은 곳에서 찾을 수 있었다.

"이럴 수가……."

노빈손은 처참한 광경에 말을 잊었다.

"무섭네요! 그토록 오랜 세월 지구를 지배해 왔던 공룡의 멸종이 시작되었네요……. 바다도 예외는 아니겠죠?"

쿨쿨천사가 묻자 필립 박사가 침통한 얼굴로 고개를 끄덕였다.

"바다에서는 엄청난 규모의 지진 해일이 일어나 해양 생태계가 파괴되지. 먹이 사슬이 깨지면서 해양 파충류 또한 모습을 감추게 된다네."

"아빠! 저기 좀 봐요!"

젤마가 뒤편을 가리켰다. 돌아보니 거대한 화산이 치솟고 있었다.

"드디어 대규모 화산 분출이 시작되었군! 저 곳에서는 앞으로 1백만 년 동안 화산 활동이 이루어지지. 분출된 용암으로 인해 자그마치 2천4백킬로미터 두께의 데칸 고원이 형성된다네."

"수많은 이산화탄소와 수증기를 대기로 뿜어내겠군요. 그럼 산성비가 내리겠고 바다는 점점 산성화되어 해양 생물들은 서서히 죽어갈 거예요."

쿨쿨천사가 슬픈 목소리로 필립 박사의 말을 받았다.

"아빠, 이제 그만 돌아가요. 우리 지구가 보고 싶어요."

10km가 넘는 소행성이 지구에 부딪친다면?

소행성의 속도는 총알보다 10배 빠른 초속 20km이고, 분화구의 크기는 지름이 180km에 달한다. 소행성 충돌설이 발표됐을 당시에는 이렇게 큰 분화구가 발견되지 않았으나 1990년 멕시코 유카탄 반도의 북서쪽에서 발견됨으로써 소행성 충돌설이 학계에서 인정을 받게 되었다.

185

아, 백악기

젤마가 슬픔에 빠져 있는 필립 박사를 돌려 세웠다.

노빈손은 쿨쿨천사와 함께 동굴을 향해 걸어가다가 뒤를 돌아보았다. 베르타는 여전히 불타오르는 중생대를 바라보고 있었다.

"베르타, 어서 와!"

젤마가 소리쳐 불렀다.

"젤마, 아무래도 나는 여기에 남아야겠어."

"제정신이야? 여기는 죽음의 땅이야. 어서 여길 빠져나가야 해!"

"알아. 하지만 난 토마스와 함께 이곳에 남겠어."

베르타가 금방이라도 울음을 터뜨릴 것 같은 얼굴로 말했다.

"토마스는 이미 죽었어. 베르타, 그러지 말고 같이 가자."

노빈손이 다가가서 베르타의 손을 잡았다. 그 사이에 정이 든 걸까. 처음 잡았을 때는 차갑고 미끈거려서 이상하게 느꼈던 손인데 지금은 정겹기만 했다.

"빈손아, 아파인에게 도움을 청하러 갔을 때 네가 그랬지? 쿨쿨천사와는 이미 맺어진 인연이라고. 토마스와 나도 그래. 우린 태어날 때부터 운명적으로 맺어진 사이야. 그는 나의 기쁨이었고, 또한 슬픔이었지. 그가 없는 세상은 나에게 의미가 없어."

"우리가 있잖아!"

젤마가 눈을 맞추며 말했다.

안녕...

"알아, 네가 좋은 친구란 걸. 하지만 그 누구도 토마스를 대신할 수는 없어. 인간 세계에서 홀로 외로움에 떠느니 차라리 토마스가 묻혀 있는 이곳에 남는 게 나아. 여기서 토마스를 추억하며 남은 생을 마칠 거야. 그 날이 비록 며칠에 불과하다 할지라도."

"안 돼! 죽을 것을 알면서 널 이곳에 남겨 둘 수는 없어!"

젤마가 눈물을 흘리며 달려가 베르타를 끌어안았다. 베르타는 입술을 꾹 다문 채 하염없이 눈물만 흘릴 뿐이었다.

"젤마, 마음이 아프지만 베르타의 의견을 존중해 주자. 그녀에게는 자신의 운명을 결정할 권리가 있어."

필립 박사가 딸의 어깨를 어루만지며 말했다. 그러자 젤마가 마지 못한 듯 베르타와의 포옹을 풀었다.

"모두들 잘 가!"

베르타가 동굴 앞에서 손을 흔들었다. 그녀의 볼을 타고 굵은 눈물 방울이 주르륵 흘러내렸다.

"친구, 안녕!"

노빈손은 동굴 앞에서 손을 흔들었다.

비록 종족은 다르지만 베르타는 좋은 친구였다. 소중한 친구를 종 말이 코앞으로 다가온 중생대에 남겨 놓고 돌아서려니 차마 발길이 떨어지지 않았다.

"빈손아…… 어서 가자……."

쿨쿨천사가 이마에 흐르는 땀방울을 닦으며 말했다.

노빈손은 손등으로 눈물을 훔치며 동굴로 들어섰다. 마음이 터질 듯이 아파왔다.

공룡이 살았던 시대는 어떤 모습이었을까?

백악기

- **시기 :** 약 1억 4천5백만 년 전부터 6천5백만 년 전까지
- **주위 환경 :** 백악기로 넘어오면 로렌시아와 곤드와나 대륙이 다시 여러 개의 대륙으로 갈라지게 돼. 백악기 말기에 이르면 요즘 대륙의 분포와 비슷한 모습을 갖게 된단다. 전기에는 따뜻하고 습했지만, 후기로 갈수록 여름과 겨울 계절의 구분이 분명해졌어. 공룡 세계는 이 백악기 동안 참 많은 변화를 겪었지.

자, 이 시기에 꽃피는 식물이 처음으로 등장했단다. 공룡들이 천천히 자라는 겉씨식물을 빠르게 먹어치우다 보니 식물계는 점점 황폐해지고 말았지. 식물계는 살아남기 위해 상대적으로 빠르게 자라고 바람이나 곤충에 의해 씨가 잘 확산되는 속씨식물, 꽃피는 식물이 등장한 거야. 또한 뱀, 나방 등도 이 시기에 처음 나타났지.

새의 종과 수도 크게 증가했는데, 이들 중 몇몇은 지금의 새들과 비슷하단다. 하늘의 또 다른 주인 프테로사우루스는 날개 길이가 2미터나 되는 엄청나게 큰 것도 있었어. 바다에는 목이 길고 이가 날카로운 플레시오사우루스와 함께 거대한 파충류들이 번성했지.

고성군을 비롯하여 우리나라 한반도 전역에 발견되는 공룡의 흔적들도 이 시기에 만들어진 것이 대부분이야. 이때 해수면은 중생대를 통틀어 가장 높은 수위에 이르렀는데, 오늘날의 평균치보다 2백미터나 높았어.

백악기

나방

싸이카니아

비암

케짤코아툴늑스

트리케라톱스

속씨 식물

● **공룡 :** 켄트로사우루스는 캐나다의 공룡 계곡에서 약 1만 마리가 화석으로 발견될 정도로 큰 무리를 이루었고, 트리케라톱스와 마이아사우라 등의 초식 공룡과 알베르토사우루스, 티라노사우루스와 같은 큰 육식 공룡이 번성했다.

트리케라톱스 Triceratops 뿔을 가진 공룡 중 가장 유명한 트리케라톱스는 무게가 5톤이나 되는 가장 큰 뿔공룡이다. 맨 처음 뿔만 발견되었을 때는 들소 뿔로 잘못 분류되기도 했다. 90cm 정도 되는 한 쌍의 커다란 뿔이 눈 위에, 하나의 작은 뿔이 코 위에 솟아 있다. 이 뿔은 동 시대에 살았던 티라노사우루스 같은 큰 육식 공룡으로부터 자신을 보호하는 무기로 사용되었다. 최대 길이 8미터.

마이아사우라 Maiasaura 길고 넓은 머리에 짧고 넓적한 주둥이를 가진 마이아사우라는 조그만 콧구멍과 길고 넓적한 코뼈가 잘 발달되어 있다. 마이아사우라 알은 길쭉한 타원형이며 부화했을 때 35cm였던 것이 1년 동안 3m를 훌쩍 넘으며 매우 빠르게 성장한다. 새끼가 90cm 정도로 클 때까지 어미의 도움을 받기 때문에 '좋은 어미 공룡'이라는 뜻의 이름을 갖게 되었다. 최대 길이 9미터.

알베르토사우루스 Albertosaurus 티라노사우루스보다 약 8백만 년 먼저 나타난 알베르토사우루스는 티라노사우루스처럼 커다란 머리에 날카로운 이빨과 두 개의 앞발가락을 가졌고 팔 길이는 티라노사우루스보다 더 길다. 넓적한 주둥이를 갖고 있는 알베르토사우루스는 앞을 향한 티라노의 눈보다 훨씬 옆쪽으로 치우친 눈을 가지고 있다. 최대 길이 10미터.

남은 이야기들

놀라운 소식을 들은 노빈손은 부랴부랴 청사 안으로 뛰어 들어갔다. 쿨쿨천사가 모자를 벗어 연신 부채질을 하며 기다리고 있었다.

"쿨쿨천사, 아버지가 돌아오셨다고?"

"응. 집에 와 계시더라고. 얼마나 놀랍고 반갑던지."

"어떻게 된 거야? 그 동안 어디에 계셨대?"

"힌들러조아 일당들이 납치해서 독일 남부 시골 동네에 감금했었나 봐. 나쁜 사람들! 그 동안 얼마나 고생을 하셨는지 얼굴이 반쪽이 되셨더라고……."

쿨쿨천사는 얼굴이 붉어지더니 기어이 눈물을 찍어냈다.

"걱정 마. 푹 쉬고 나면 좋아지실 거야. 아무 일 안 생긴 게 어디야. 다친 데 없으신 것만으로도 다행이라고 생각해."

노빈손은 스스로도 어른스럽고 대견한 말을 했다고 흡족해 하며 쿨쿨천사의 어깨를 멋지게 툭 쳤다. 쿨쿨천사는 빈손의 멋진 포즈는 보지도 않고 눈물을 닦으며 에스컬레이터에 올랐다. 허리에 손을 얹은 채 우아하게 미소 짓고 있던 노빈손도 멋적게 뒷통수를 한번 긁고는 따라 올라갔다.

인천국제공항 청사는 붐볐다. 3층 출국장 앞으로 달려가니 다행히도 필립 박사와 젤마가 보였다.

"미안해요, 늦어서."

"안 오기에 얼굴을 못 보고 가는 줄 알았네."

필립 박사가 미소를 지으며 말했다.

"하마터면 올챙이배를 못 보고 갈 뻔했잖아."

젤마가 환하게 웃으며 다가왔다.

그녀의 모습은 중생대에서 보았을 때와는 완전히 달랐다. 그때는 여전사였는데 지금은 물방울 무늬 원피스를 입은 데다 파마까지 해서 슈퍼 모델 같았다.

"친구, 많이 보고 싶을 거야."

젤마가 포옹을 했다.

그녀의 몸에서 향수 냄새가 났다. 노빈손도 뭐라고 작별 인사를 하려 했으나 아무 말도 생각나지 않았다.

"도와 줘서 고맙네."

"천만에요. 당연히 해야 할 일을 한 걸요."

필립 박사의 말에 쿨쿨천사가 수줍게 말했다.

"감사는 저희가 해야죠. 박사님이 아니었더라면 지구에 엄청난 재앙이 올 뻔했으니까요! 세상 사람들은 까맣게 모르는 사실이지만."

노빈손은 흐르는 땀방울을 수건으로 닦으며 말했다.

"진실은 화석과 같은 거라네. 시간이 지나면 밝혀지지."

"과연 그런 날이 올까요?"

"물론이지! 어쨌든 수고들 했네. 이건 내가 자네들에게 주는 선물일세."

필립 박사가 네모 반듯한 상자를 건네주었다.

"이게 뭐죠?"

쿨쿨천사가 두 손으로 받으며 물었다.

"우리가 간 다음에 풀어 보게. 아쉽지만 이만 작별을 하세."

노빈손은 필립 박사와도 포옹을 했다. 두 부녀와 헤어진다고 생각하니 코끝이 찡했다.

"뮌헨으로 놀러 와. 내가 멋진 곳으로 안내할게."

"훌륭한 식당도 알고 있어?"

"물론이지."

젤마가 가지런한 이를 드러내며 싱긋 웃었다.

출국장으로 들어가며 필립 박사와 젤마가 손을 흔들었다. 노빈손은 그들이 시야에서 사라진 뒤에도 오래도록 서 있었다. 가슴 한구석이 텅 빈 듯 허전했다.

"빈손아, 우리도 가자!"

쿨쿨천사가 팔을 잡아끌었다.

노빈손은 천천히 발길을 돌렸다. 문득, 백악기에 홀로 남은 베르타의 심정을 알 것 같은 기분이 들었다.

"베르타는 어떻게 됐을까? 아직 살아 있을까?"

"살아 있을 거야. 동굴 위치도 알고 있으니 언젠가는 빠져나오겠지."

"아냐. 그녀는 결코 돌아오지 않을 거야. 베르타는 비록 공룡인간이지만 그 누구보다도 순수한 사랑을 했어."

"그런데 이 안에 든 게 뭘까?"

쿨쿨천사가 더 이상 참기 힘든 듯 포장을 뜯었다. 상자 안에는 찰흙으로 만든 여러 종류의 공룡인간이 들어 있었다. 쿨쿨천사가 하나씩 들어올렸다.

"이건 베르타, 토마스, 빅토르와 같은 트로인, 이놈들은 한밤중에 들이닥쳐 우리를 잡아간 코엘인과 에오인, 이 놈은 포악한 알로인, 이 놈은 공중에서 날아와 나를 납치해 간 프레인, 이건 우리의 친구 아파인. 그런데 이건 뭐야?"

쿨쿨천사가 삼지창을 든 공룡인간을 들어올렸다.

"바다의 포세이돈 리오인!"

"그럼, 이건?"

"그건 티라인이야! 복제하려 했지만 실패한……."

"생김새부터 무시무시하네. 이토록 끔찍한 공룡인간을 복제하려 했다니.

쿨쿨천사는 티라인을 내려놓고 아파인을 꺼내 입을 맞췄다.

"고마워, 세인!"

문득, 그녀의 모습이 낯설게 느껴졌다. 여태까지 알았던 새침떼기 쿨쿨천사가 아닌 것 같았다. 노빈손이 물끄러미 바라보고 있자 쿨쿨천사가 의아한 듯 물었다.

"빈손아, 무슨 생각을 하는 거야? 혹시 이상한 상상?"

"뭐야, 내가 그런 놈으로 보여? 기분 한번 꿀꿀한 걸."

"꿀꿀한 걸? 이럴 수가, 내가 제일 싫어하는 말을 쓰다니!"

화가 났는지 쿨쿨천사의 눈초리가 올라갔다.

노빈손은 도망가다가 우뚝 걸음을 멈췄다. 젤마처럼 커다란 갈색 눈을 지닌 금발의 소녀가 작은 가방을 밀며 다가오고 있었다. 소녀를

멍히 바라보고 있으니 가슴이 파르르 떨렸다.

등 뒤에서는 쿨쿨천사의 목소리가 벼락처럼 날아들었다.

"뭐해, 빈손아! 빨리 오지 않고!"

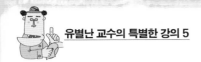

우리나라에 살았던 공룡들

알고 있나 여러분? 우리나라에도 공룡이 살았다는 사실을. 더군다나 세계 3대 공룡발자국 화석지에 포함될 만큼 엄청난 발자국 화석들이 발견되었다는 것도? 1972년 경상남도 하동에서 공룡 알 화석이 발견된 이후에 우리나라는 공룡 발자국 화석 발견지로 전 세계에 유명세를 떨치게 되었단다.

우리나라에서 공룡 관련 화석이 많이 발견되는 곳은 경상누층군으로 불리는 지층이야. 이 지층은 경상남북도와 전라남도 일대에 분포하는데, 약 1억 년 전 백악기에 호수의 퇴적물이 쌓여 이루어진 것이지.

경상누층군이 발달한 곳　경상누층군이 발달한 곳에는 물이 많았어. 이런 저런 다양한 식물이 자랐고 이를 먹이로 하는 초식 공룡이 당연히 번성했겠지? 물론 초식 공룡을 먹이로 하는 육식 공룡도 많아질 수밖에 없었단다. 따라서 현재 경상누층군에 해당하는 경남 고성(덕명리 일대)과 전남 해남(우항리 일대)의 백악기 육성 퇴적층에서 수많은 공룡과 새의 발자국이나 공룡의 뼈 화석이 발견되는 것은 우연한 일이 아니란다.

세계 3대 공룡 발자국 유적지 - 경상남도 고성군 하이면 덕명리

고성은 브라질, 캐나다 지역과 더불어 세계 3대 공룡 발자국 유적지로 꼽히는 곳이야. 약 1억 년 전인 백악기의 공룡으로 추정되는데 그의 발자국이 약 150cm에 이른다니까. 이는 퇴적물이 150cm나 쌓일 정도로 오래 동안 이 지역에 공룡이 살았음을 뜻하는 것이기도 하지.

너 의상 설정이 좀 애매하다? 공룡이 살던 시대에는 원시인이 없었다구!

머리 숱도 많아지고.

아하! 이곳들이 바로 공룡이 번식 했었던 곳이구나!

중생대 백악기 한반도에 흩어져 있던 호수들

이 지역에 남아 있는 1천8백여 개의 발자국 크기와 모양 그리고 간격 등을 분석해보면 당시에 살았던 공룡을 추정할 수 있어. 길이가 1m에 이르는 큰 발자국의 주인은 브라키오사우루스와 같은 대형 초식 공룡이고, 길이 40cm 가량의 발자국은 이구아나돈과 같은 조각류로 추정될 수 있지. 지름 20~30cm의 작은 발자국의 주인은 티라노사우루스 등 수각류로 추정할 수 있단다. 고성에 가면 공룡 박물관이 있으니 친구들끼리 함께 견학을 가보는 건 어때?

전라남도 해남군 황산면 우항리

우항리의 공룡 발자국은 석유 매장을 확인하기 위해 지질 탐사를 하던 중 우연히 발견됐어. 이 지역은 지층의 경사가 해안의 반대 방향으로 놓여 있어서 만일 석유 탐사를 하지 않았다면 발굴 자체가 아주 어려웠을 거야. 우항리 공룡 화석지에는 세계에서 가장 오래된 물갈퀴 달린 새발자국 1,000여 점과 세계에서 가장 큰 익룡의 발자국 300여 점, 그리고 세계적으로 정교한 공룡의 발자국 500여 점이 한 지역에서 발견된 엄청난 곳이야. 공룡의 생태 환경을 밝힐 수 있는 아주 중요한 곳으로 국제적인 지질학 명소로 평가되고 있단다.

또한 세계적으로 보고된 적이 없는 특이한 모양의 용각류 발자국이 발견되었는데, 발자국 안에 별 모양이 새겨 있다는 점이 신기하다고나 할까. 게다가 전부 앞발자국이고 뒷발자국은 하나도 발견되지 않았거든. 그 이유는 공룡들이 물 속에서 부력에 의해 뒷발이 뜬 채 앞발로만 걸었기 때문이라고 추정하고 있지.

경기도 화성군 송산면 고정리 시화호 남쪽 간석지

경기도 화성 일대에 화석이 발견된 곳은 시화호가 조성되기 전에 작은 섬이었어. 적색 사암으로 된 지층에서 50~60cm 크기의 둥지 20여 개가 발견됐지. 둥지마다 5~6개, 많게는 12개의 공룡 알 화석이 있었던 거야. 그것만 봐도 여러분도 알 수 있겠지? 옛날에 이곳이 공룡들의 집단 산란지였던 거지. 알의 크기는 직경 11~12cm 정도. 큰 것은 14cm 정도 되는 것도 있단다.

우리나라에서 공룡 관련 화석은 주로 남해안 일대와 경상도 지역에서만 발견되어 왔는데, 최근에 시화호에서도 발견된 걸 보면 우리나라 공룡들이 살았던 지역이 매우 넓었음을 알 수 있을 거야.

그 밖에 공룡이 살았던 곳들

부산시 영도구 동삼 2동 태종대 부산시 영도구 동삼 2동 태종대 유원지 내에 위치하고 있는 신선바위와 촛대바위 주변에 중생대 백악기 시대의 초식 공룡 발자국 90여 개가 발견되었다. 발자국 화석은 높이 15m, 무게 20t 크기의 공룡이 점토층 위를 밟아 생겨난 것으로 추정하고 있다. 이곳 태종대 신선바위는 과거에 호수 퇴적층에 남아 있던 공룡 발자국 위로 다시 퇴적물이 쌓여 굳어진 다음 바다에 잠겼다가 융기하면서 드러난 지형이다.

경상북도 의성군 탑리 주변 우리나라에서 처음으로 공룡 뼈 화석이 발견되었다. 이 공룡 뼈를 처음 발견한 학자는 새로운 공룡인 것으로 알고 울트라사우루스 탑리엔시스라는 이름을 붙였으나 나중에 새로운 공룡으로 분류하기 어렵다는 것을 알게 되었다.

경상남도 진주시 유수리 주변 세 종류의 이빨 화석을 발견했는데, 그 중의 하나는 중국에서 발견된 공룡의 이빨과 동일한 것으로 밝혀져 과거에 중국과 한반도에 같은 종류의 공룡이 살았음을 알 수 있었다.